dtv

Deutsche Lyrik
von den Anfängen bis zur Gegenwart

Band 10

Deutsche Lyrik
von den Anfängen bis zur Gegenwart
in 10 Bänden
Herausgegeben von Walther Killy

Band 1: Gedichte von den Anfängen bis 1300
Herausgegeben von Werner Höfer und Eva Willms

Band 2: Gedichte 1300–1500
Herausgegeben von Eva Willms und Hansjürgen Kiepe

Band 3: Gedichte 1500–1600
Herausgegeben von Klaus Düwel

Band 4: Gedichte von 1600–1700
Herausgegeben von Christian Wagenknecht

Band 5: Gedichte 1700–1770
Herausgegeben von Jürgen Stenzel

Band 6: Gedichte 1770–1800
Herausgegeben von Gerhart Pickerodt

Band 7: Gedichte 1800–1830
Herausgegeben von Jost Schillemeit

Band 8: Gedichte 1830–1900
Herausgegeben von Ralph-Rainer Wuthenow

Band 9: Gedichte 1900–1960
Herausgegeben von Gisela Lindemann

Band 10: Gedichte 1961–2000
Herausgegeben von Gerhard Hay und
Sibylle von Steinsdorff

Gedichte von 1961–2000

Nach den Erstdrucken in zeitlicher Folge
herausgegeben von
Gerhard Hay und
Sibylle von Steinsdorff
unter Mitarbeit von
Ulrike Ehmann

Deutscher Taschenbuch Verlag

Ergänzungsband für den Zeitraum 1961–2000
zum unveränderten Reprint der in den Jahren 1969–1978
erstmals unter dem Titel ›Epochen der deutschen Lyrik‹
erschienenen Sammlung deutscher Gedichte.

Originalausgabe
September 2001
Deutscher Taschenbuch Verlag GmbH & Co. KG,
München
www.dtv.de

Umschlagkonzept: Balk & Brumshagen
Gesetzt aus der Stempel Garamond
Gesamtherstellung: Druckerei C. H. Beck, Nördlingen
Gedruckt auf säurefreiem, chlorfrei gebleichtem Papier
Printed in Germany · ISBN 3-423-59052-1

Dieser Anschlußband zu der von Walther Killy herausgegebenen Anthologie ›Epochen der deutschen Lyrik‹ umfaßt die Jahre 1961–2000. Im Rahmen des begrenzten Umfangs haben die Herausgeber versucht, die unterschiedlichsten Strömungen und die Formenvielfalt der deutschsprachigen Gedichte aufzuzeigen. Dabei wurde wie in den vorherigen Bänden das Prinzip der Chronologie gewahrt; innerhalb der Jahre sind die Gedichte alphabetisch nach Autorinnen und Autoren geordnet. Die Textwiedergabe erfolgt in der Regel nach dem Stand des Erstdrucks. Bei der Auswahl der Texte, wie subjektiv jede Entscheidung letztlich auch immer bleiben mußte, bildeten sich zwei thematische Schwerpunkte heraus: Zum einen die dokumentarischen Gedichte, in denen das gesellschaftliche wie politische Zeitgeschehen seinen Ausdruck findet, zum anderen die Gedichte zur Dichtung, also poetologische Texte, in denen die Tradition und die Perspektiven der Poesie zur Sprache kommen.

Wie Hans Magnus Enzensberger alias Andreas Thalmayr wünschen auch die Herausgeber für diesen Band und die gesamte Anthologie dem Leser viel »Vergnügen, Gedichte zu lesen«, keine »Qual«, sondern »Unterhaltung«.

1961

Ingeborg Bachmann

Ihr Worte

Ihr Worte, auf, mir nach!,
und sind wir auch schon weiter,
zu weit gegangen, geht's noch einmal
weiter, zu keinem Ende geht's.

Es hellt nicht auf.

Das Wort
wird doch nur
andre Worte nach sich ziehn,
Satz den Satz.
So möchte Welt,
endgültig,
sich aufdrängen,
schon gesagt sein.
Sagt sie nicht.

Worte, mir nach,
daß nicht endgültig wird
– nicht diese Wortbegier
und Spruch auf Widerspruch!

Laßt eine Weile jetzt
keins der Gefühle sprechen,
den Muskel Herz
sich anders üben.

Laßt, sag ich, laßt.

Ins höchste Ohr nicht,
nichts, sag ich, geflüstert,
zum Tod fall dir nichts ein,
laß, und mir nach, nicht mild
noch bitterlich,

nicht trostreich,
ohne Trost
bezeichnend nicht,
so auch nicht zeichenlos –

Und nur nicht dies: das Bild
im Staubgespinst, leeres Geroll
von Silben, Sterbenswörter.

Kein Sterbenswort,
Ihr Worte!

Für Nelly Sachs, die Freundin,
die Dichterin, in Verehrung

MANFRED BIELER

Wostok

1

Aus den Ebenen steigt Wostok.
Unter ihm bleiben
die Birken im lila Dunst,
bleiben
die grünen Märkte, die Zwiebeltürme,
bleiben die Hochöfen,
bleiben die Wälder,
die kleinen Straßen mit den wehenden
roten Kopftüchern
im April.

Kosmische Geschwindigkeiten
reißen ihn in schwerelose Schwärze –
bis unter ihm die Kontinente aufgehn,
die blauen Ozeane,
überschaubar.

2

An alle: –
die Söhne der Kolchosen studieren
Astronomie und Kybernetik.
An alle: –
vier Jahrzehnte nach den Schüssen des
Kreuzers Aurora
zwingt der Mensch sich
den zweiten Aufgang der Sonne
in einen Tag.
Telemetrische Systeme funken
an alle: –
den Herzschlag eines Kommunisten.

Mein Flug ist Arbeit.
Dieser Flug ist nichts als Arbeit.
Der Flug verläuft normal.
Ich bin nicht einsam.
Die Heimat hört,
die Heimat weiß:
ich erfülle meinen Auftrag,
den Auftrag meiner Partei.

3

Der kommandierte Stern
sinkt zur Erde.
Sicher stürzt Wostok
ins Zielgebiet: Union der Sowjets.
Auf seinem Reflektor erscheint
das Bild des veränderten Landes.
Dem Mann im Himmelsoverall
gibt eine Bäuerin
das erste Glas Milch.

4

Wir, die wir auftauchen,
Nachkommen der Armee von Barfüßlern und
Proleten,
sehen eine veränderte Welt.

Wir Zeugen der Kriege, Freunde der Mörder,
einsichtig endlich im Wort der Verfolgten,
ändern die sich
mit uns erkennende Welt.

Dieser Text entstand in Zusammenarbeit mit Reiner Bredemeyer, der auch die Musik dazu schrieb. Wir gratulieren damit Juri Gagarin und German Titow.

Günter Eich

Wildwechsel

Schweigt still von den Jägern!
Ich habe an ihren Feuern gesessen,
ich verstand ihre Sprache.
Sie kennen die Welt von Anfang her
und zweifeln nicht an den Wäldern.
Zu ihren Antworten nickt man,
auch der Rauch ihres Feuers hat recht,
und geübt sind sie, den Schrei nicht zu hören,
der die Ordnungen aufhebt.

Nein, wir wollen fremd sein
und erstaunen über den Tod,
die ungetrösteten Atemzüge sammeln,
quer durch die Fährten gehn
und an die Läufe der Flinten rühren.

Karl Mickel

Dresdner Häuser
(Weißer Hirsch und Seevorstadt)

I

Seltsamer Hang! Die Häuser stehn, als sei
nie Krieg gewesen, als sei das Mauerwerk
von Regen nur und Winden angegriffen, als
hab nur der Hagel Fenster eingeschlagen.
Die schöngeschnittnen Räume! Ihr Verfall
rührt, scheint es, nur vom ungehemmten
Wachstum wilder Kirschen im Parterre.
Langsam haben, scheint es, die Bewohner
sich eingeschränkt, um endlich nur ein Zimmer
noch einzunehmen mit dem Blick zum Fluß. So
wurde, scheint es, die Ruine langsam
hergestellt für eine blaue, milde, schöne
und müde Landschaft. Die hier wohnten,
hatten zu Füßen die Stadt, gesäumt von
erhabener Natur und großer Industrie.

II

Hier
stehn jetzt Häuser hell auf übergroßen,
nur schwach ergrünten Flächen. Noch kein Baum
ist mehr als mannshoch, da doch vorher hier
Gestein und Fleisch sich zu Gebirgen
zusammenballten, aufgeschichtet wurden, o
in wenig Stunden, einer halben Nacht, hier
stellten sie Ruinen technisch her, hier
war des Todes Fließband, starb man nicht
in müde Landschaft ganz allmählich ein, hier,
wo jetzt Häuser hell auf leicht ergrünten,
übergroßen Flächen stehn, wo man den Umzug
in die neue Wohnung schon beginnt, wenn
noch die Bagger das Geländ aufwühlen.

DAGMAR NICK

Erinnerungsland

Lass uns den Garten verwüsten,
ausreißen die Wurzeln
und Minen legen,
wo ich gegangen bin.
Laß uns den Vogel fangen,
der da sitzt, hochschultrig,
auf den Erinnerungsbäumen;
in seiner Kehle
jubelt der Tod.
Laß uns die Brunnen
zuschütten mit Schlaf.
Wer sie zuerst öffnet und trinkt,
wird daran sterben,
denn ich habe sie alle
vergiftet
mit meiner Liebe.

NELLY SACHS

Im Lande Israel

Nicht Kampfgesänge will ich euch singen
Geschwister, Ausgesetzte vor den Türen der Welt.
Erben der Lichterlöser, die aus dem Sande
aufrissen die vergrabenen Strahlen
der Ewigkeit.
Die in ihren Händen hielten
funkelnde Gestirne als Siegestrophäen.

Nicht Kampflieder
will ich euch singen

Geliebte,
nur das Blut stillen
und die Tränen, die in Totenkammern gefrorenen,
auftauen.

Und die verlorenen Erinnerungen suchen
die durch die Erde weissagend duften
und auf dem Stein schlafen
darin die Beete der Träume wurzeln
und die Heimwehleiter
die den Tod übersteigt.

1962

Johannes Bobrowski

Hölderlin in Tübingen

Bäume irdisch, und Licht,
darin der Kahn steht, gerufen,
die Ruderstange gegen das Ufer, die schöne
Neigung, vor dieser Tür
ging der Schatten, der ist
gefallen auf einen Fluß
Neckar, der grün war, Neckar,
hinausgegangen
um Wiesen und Uferweiden.

Turm,
daß er bewohnbar
sei wie ein Tag, der Mauern
Schwere, die Schwere
gegen das Grün,
Bäume und Wasser, zu wiegen
beides in einer Hand:

es läutet die Glocke herab
über die Dächer, die Uhr
rührt sich zum Drehn
der eisernen Fahnen.

ROLF DIETER BRINKMANN

Kulturgüter

Eine Sonate von Stockhausen
drei Preise für Böll
das Dementi von Andersch
zwei Schmierzettel von Faßbender
Marylin Monroe ist tot
ihre roten Morgenröcke
das Vermächtnis von Borchert
von Bense die Theorie
ein Jahr die Frankfurter
Ohrenschmalz von Enzensberger
die Lyrik Heissenbüttels
ein Fötus in Spiritus

HEINZ CZECHOWSKI

Theresienstadt

O schönes Land, zwischen die Berge und den Strom gebreitet:
Durch deine Haine, Fluren arglos ziehn –
wer könnte es, wenn er ein Deutscher ist? Wohin
sein Fuß auch tritt, hat Deutschland Schmerz bereitet.
Wo Deutsche waren, war der Totenkopf ihr Zeichen:
Dein Name ließ die Welt erbleichen, Tereszin,
– ob wir den Toten zum Verzeihen Blumen reichen
und Rosen auf den Kasematten blühn.

Rolf Haufs

Gespräch mit dem Baum

Wie ein Sandkorn wehst du hinter mir her
Deine Worte verbrennen mich immer
Glaube nicht daß alles abgetan
Was immer du über mich denken magst

Noch sind die Zweige mit mir
An den Sommer denk ich gemach
Und auch an den heilen Schatten

Über die Dächer gingen so viele Gespräche
Und die Seufzer kamen und der Atem

All die Abende wiederholten sich bittrer

Ach daß ich dachte
Die Blüten noch würden mir bleiben
Einen Tag nur mehr vielleicht

Doch daß so bald die Kälte kam

So gehen wir davon
Lebend von Irrtum zu Irrtum
Und sieh: es ist nicht weit

Peter Huchel

Winterpsalm

Da ich ging bei träger Kälte des Himmels
Und ging hinab die Straße zum Fluß,
Sah ich die Mulde im Schnee,
Wo nachts der Wind
Mit flacher Schulter gelegen.
Seine gebrechliche Stimme,
In den erstarrten Ästen oben,

Stieß sich am Trugbild weißer Luft:
»Alles Verscharrte blickt mich an.
Soll ich es heben aus dem Staub
Und zeigen dem Richter? Ich schweige.
Ich will nicht Zeuge sein.«
Sein Flüstern erlosch,
Von keiner Flamme genährt.

Wohin du stürzt, o Seele,
Nicht weiß es die Nacht. Denn da ist nichts
Als vieler Wesen stumme Angst.
Der Zeuge tritt hervor. Es ist das Licht.

Ich stand auf der Brücke,
Allein vor der trägen Kälte des Himmels.
Atmet noch schwach,
Durch die Kehle des Schilfrohrs,
Der vereiste Fluß?

Für Hans Mayer

PETER HUCHEL

Der Garten des Theophrast

Wenn mittags das weiße Feuer
Der Verse über den Urnen tanzt,
Gedenke, mein Sohn. Gedenke derer,
Die einst Gespräche wie Bäume gepflanzt.
Tot ist der Garten, mein Atem wird schwerer,
Bewahre die Stunde, hier ging Theophrast,
Mit Eichenlohe zu düngen den Boden,
Die wunde Rinde zu binden mit Bast.
Ein Ölbaum spaltet das mürbe Gemäuer
Und ist noch Stimme im heißen Staub.
Sie gaben Befehl, die Wurzel zu roden.
Es sinkt dein Licht, schutzloses Laub.

Meinem Sohn

Christine Lavant

Meiner hat mich nie angerührt.
Vielleicht weil die Schwermut wie Aussatz ist,
auch Engelleiber befleckend.

Gern hätte ich meine betrübten Augen
einmal in seine klaren getaucht,
gerne die welken Handwurzeln
in seine Finger gelegt,
so gerne, so gern ihn gespürt,
wenn auch nur seinen Atem.

Doch blieb meine Stirne ein kalter Ort,
die Schultern furchtsam, erloschen der Mund,
gefaltet vielfach die Augendeckel
und verbogen die Brauen,
ungläubig verbogen!

Freilich, wenn Schwermut ein Aussatz ist,
dann habe ich ohne Beistand zu sterben.
Den anderen werden, in Todesstunde,
ihre Engel die Stirnen verklären
oder die reinlichen Schläfen.

Christoph Meckel

Gedicht über das Schreiben von Gedichten

1

Ich wollte schreiben ein Gedicht
das sollte finster sein und licht
ein Phönix, ein Gedicht zuletzt
das Berge in die Luft versetzt,
der jähe Traum zerbrach mir bald
ich fand kein Wort, das Steine trug

hineinzurufen keinen Wald,
da nahm ich Worte, und zerschlug
den falschen Zauber schon im Keim
und schrieb dies Feuerlied im Reim.

2

Kein Füllhorn stand mir zu Gebrauch
vom Feuer blieb mir nur der Rauch
vom Himmel Wind, des Leeren Ruhm
und unbestimmtes Eigentum,
mir deckte Tau den kargen Tisch
mein Herz war leer in meiner Hand
und nur im Traum erschien als Fisch
was mir als Gräte schlug an Land
zu Füßen lag mir nur der Stein
und Träume brachten mir nichts ein.

3

Ich machte Wände um den Tisch
und um die Gräte einen Fisch
und einen Himmel um den Wind
und für den Wind die Augen blind
und machte meinem Faß den Wein
und Trauer meinem schwarzen Kleid
und eine Wüste für den Stein
dem Rauch ein langes Feuerscheit
und nahm mein Haben und mein Soll
und warf mein Füllhorn damit voll.

4

Ich setzte Wort an Wort an Wort
das Wort warf alle Fahnen fort
und hieß sich selber gradestehn
und nüchtern über Träume gehn
das Stumme schlug es in den Bann
und legt es an die Kette laut
und hing sich ihm als Schatten an
und fordert es zur Wette laut

und schickt es vor, und mächtig fängt
es, was des Stummen Platz bedrängt.

5

Das Wort sah mich von oben an:
was schleppst du mir für Zeug heran
das ich mit Klang versorgen soll
ich mache dir dein Glück nicht voll
ich wiege meine eigne Last
und komme nur aus Trümmern her
die du mir zu bereiten hast,
aus Aschen, die nicht schimmern, her
und werfe alle Zweifel um:
du machst mich laut, ich mach dich stumm.

Peter Rühmkorf

Auf eine Weise des Joseph Freiherrn von Eichendorff

In meinem Knochenkopfe
da geht ein Kollergang,
der mahlet meine Gedanken
ganz außer Zusammenhang.

Mein Kopf ist voller Romantik,
meine Liebste nicht treu –
Ich treib in den Himmelsatlantik
und lasse Stirnenspreu.

Ach, wär ich der stolze Effendi,
der Gei- und Tiger hetzt,
wenn der Mond, in statu nascendi,
seine Klinge am Himmel wetzt! –

Ein Jahoo, möcht ich lallen
lieber als intro-vertiert

mit meinen Sütterlin-Krallen
im Kopf herumgerührt.

Ich möcht am liebsten sterben
im Schimmelmonat August –
Was klirren so muntere Scherben
in meiner Bessemer-Brust?!

Volker von Törne

Amtliche Mitteilung

Die Suppe ist eingebrockt:
wir werden nicht hungern.

Wasser steht uns am Hals:
wir werden nicht dürsten.

Sie spielen mit dem Feuer:
wir werden nicht frieren.

Für uns ist gesorgt.

1963

Ilse Aichinger

Widmung

Ich schreibe euch keine Briefe,
aber es wäre mir leicht, mit euch zu sterben.
Wir ließen uns sacht die Monde hinunter
und läge die erste Rast noch bei den wollenen Herzen,

die zweite fände uns schon mit Wölfen und Himbeergrün
und dem nichts lindernden Feuer, die dritte, da wär ich
durch das fallende dünne Gewölk mit seinen spärlichen Moosen
und das arme Gewimmel der Sterne, das wir so leicht überschritten,
in eurem Himmel bei euch.

THOMAS BERNHARD

Jetzt im Frühling

Jetzt im Frühling
    kann ich die Sprache der Äcker
nicht mehr verstehn
    und die Toten schauen
mit großen Augen mich an
    und der Weizen schäumt
und der Fluß redet mir vom Himmel …
    Wo die Kinder lachen,
da ist mein Land mir
    fremder als alle Länder
der Erde.

PAUL CELAN

Tübingen, Jänner

Zur Blindheit über-
redete Augen.
Ihre – »ein
Rätsel ist Rein-

entsprungenes« –, ihre
Erinnerung an
schwimmende Hölderlintürme, möwen-
umschwirrt.

Besuche ertrunkener Schreiner bei
diesen
tauchenden Worten:

Käme,
käme ein Mensch,
käme ein Mensch zur Welt, heute, mit
dem Lichtbart der
Patriarchen: er dürfte,
spräch er von dieser
Zeit, er
dürfte
nur lallen und lallen,
immer-, immer-
zuzu.

(»Pallaksch. Pallaksch.«)

GÜNTER EICH

Nicht geführte Gespräche

Wir bescheidenen Übersetzer,
etwa von Fahrplänen,
Haarfarbe, Wolkenbildung,
was sollen wir denen sagen,
die einverstanden sind
und die Urtexte lesen?
(So las einer
aus Eulenspiegels Büchern
die Haferkörner)
Vor soviel Zuversicht

bleibt unsere Trauer windig,
mit Regen vermischt,
deckt die Dächer ab,
fällt über jedes Lächeln,
nicht heilbar.

für Peter Huchel

BERND JENTZSCH

Die grünen Bäume starben in uns ab

Die grünen Bäume mit den schwarzen Stämmen
wuchsen in uns ein und starben in uns ab.

Die Elemente der Erde, Phosphor und Schwefel,
fielen aus den Wolken am Tag und in der Nacht.

Sirenen sägten Bunker in den Schlaf,
ein Taschenlampenstrahl war der Abendstern.

Die Mäntel trugen wir übereinander.
Blicke glitten nach oben, wo auch Stare flögen.

Die roten Städte mit den schwarzen Haaren
glichen nicht den Städten aus dem Bilderbuch.

Die wir unsere Väter nannten, erklärten nichts.
Ihre Stimmen schwiegen unter Befehlen und Schnee.

In den Wäldern toter Straßen und im Geäst
des Vogelflugs erwachten wir zu plötzlich.

Die uns hätten Gefährten werden können,
trugen keine Haut auf dem Gesicht.

Wir suchen nach der Haut unserer Gefährten
in den Gesichtern derer, die noch leben,

Zorn wohnt in uns und Hoffnung ist da,
wenn wir an grüne Bäume denken.

1964

Hans Magnus Enzensberger

middle class blues

wir können nicht klagen.
wir haben zu tun.
wir sind satt.
wir essen.

das gras wächst,
das sozialprodukt,
der fingernagel,
die vergangenheit.

die straßen sind leer.
die abschlüsse sind perfekt.
die sirenen schweigen.
das geht vorüber.

die toten haben ihr testament gemacht.
der regen hat nachgelassen.
der krieg ist noch nicht erklärt.
das hat keine eile.

wir essen das gras.
wir essen das sozialprodukt.
wir essen die fingernägel.
wir essen die vergangenheit.

wir haben nichts zu verheimlichen.
wir haben nichts zu versäumen.
wir haben nichts zu sagen.
wir haben.

die uhr ist aufgezogen.
die verhältnisse sind geordnet.
die teller sind abgespült.
der letzte autobus fährt vorbei.

er ist leer.

wir können nicht klagen.

worauf warten wir noch?

Helmut Heissenbüttel

Gedicht über Hoffnung

Halluzination großer fremder Städte Stadt
starrt aus eingefallen Ecke Silberburg-Rosen-
bergstraße Novembersonne Gerüst Ahnung
dicht bevor Wiederkehr entgegen Halluzina-

tion letzter Gänge Licht-Schatten-Kolonnen
täglich rostrot bewischt Gerüst durch Mauer-
blenden hindurch Koordinaten und spät Re-
genschieferglanz Fransenstreif abends Ver-

folgung und Angst und Ermatten Erfindung
und Weglosigkeit hell fremd groß Stadt die
Städte des Paradieses was zu kommt uns hell
fremd groß und keine Spur hinterlassen

Spritzfleck endgültig asphalt- und schatten-
gelackt später Umkehr Aufhebung Geschehen
Umkehr Geschehen Schattenbild Vorwurf
Metall rotgelackt dezemberbraun selbst eine

Möve im Binnenland später Kupferhalden
Dohlen Mastenfeld Regenfächer und kleine
Figuren auf langhingezogenen Prospekten der
Schrecken der nicht zu erwarten Begegnung

kreiselnder Dohlenfahnen schräg Mengen von
übereinander gestapelten Bahnsteigen plötz-
lich stanniolfarben Kalkleuchten Lichterbündel
Lichterbündelbänder Bandfeld dazwischen end-

gültig durch Mauerblenden hindurch Doppel-
sinn Wortdinger Schlagholz Sprache verviel-
facht multipel sooft auf der andern entledigt
dessen was äußerst Nachtigall mitten im Winter

1965

Hans Arp

Glühen und Blühen

Wir möchten Rosen kaufen.
Wir möchten Sterne kaufen.

Was kostet ein glühender blühender Stern.
Was kostet glühen und blühen.
Kostet glühen und blühen das Leben?

Mein Herz blüht
sagt das Herz
Asche Asche
antwortet die Leere.
Mein Himmel glüht
sagt das Herz.
Asche Asche
antwortet die Leere.

Wir möchten Sterne kaufen.
Wir möchten Rosen kaufen.

Was kostet ein blühender glühender Stern?
Wollen wir unseren Freund den Seiltänzer fragen
ob glühen und blühen das Leben kostet.

Ist nicht unser Freund der Seiltänzer
ein Stern erster Größe.

Wie schön o wie schön
er abends
auf seinem Seile glüht und blüht.

Horst Bingel

Fragegedicht
(Wir suchen Hitler)

Hitler war nicht in Deutschland
niemals
haben sie wirklich herrn Hitler gesehen
Hitler ist eine erfindung

man wollte uns
wie damals
die schuld
Hitler ist eine erfindung
dekadent
ihre dichter

für Hitler
erstmals
den Nobelpreis
für ein kollektiv
Hitler

eine deutsche Frau
ist nicht für Hitler
die deutschen frauen
nicht
sie tun es
die pfarrer
am sonntag frühmorgens
niemand hat Hitler gesehen

niemand hat Hitler gesehen
Hitler ist ein gedicht
nur an gedichten
sterben sie nicht
in blauen augen
wird Hitler
kein unheil anrichten
wer hat gesagt
die Juden die Deutschen die Polen
gibt es nicht
nicht

Hitler ist eine erfindung
der bösen der guten der bösen
wer so etwas
wir aber werden
verzeihen
poesie
das hebt
heraus
Hitler ist keine nationaldichtung
wir waren schon immer
verderbt
durch fremdländisches

Hitler ist das größte
an internationaler poesie
schade
doch Goethe hat es
geahnt
Goethe unser

Hitler hat inspiriert
autobahnen
briefmarken
wir haben Hitler
umgesetzt
wirtschaftlich
autark

nichts wurde fortan
unmöglich
Hitler
unsere stärke
war
fremdländisches
umzusetzen
umzusetzen
wir haben Hitler
assimiliert geschluckt
Hitler
ich
du
er
sie
es
und und
Hitler
ich
du
ohne ende ohne
kein ende
ich
du
wir fragen nach
Hitler
Hitler
wir
Hitler
aber wir fragen

Friedrich Christian Delius

Hymne

Ich habe Angst vor dir, Deutschland,
Wort, den Vätern erfunden, nicht uns,
du mit der tödlichen Hoffnung,
du im doppelt geschwärzten Sarg,
Deutschland, was soll ich mit dir,
nichts, laß mich, geh,
Deutschland, du steinigst uns wieder,
auf der doppelten Zunge zerläufst du,
auf beiden Schneiden
des Schwerts, ich habe Angst vor dir,
Deutschland, ich bitte dich, geh,
laß mir die Sprache und geh,
du, zwischen den Zielen, verwest schon
und noch nicht tot, stirb, Deutschland,
ich bitte dich, laß uns und geh.

1966

Ingeborg Bachmann

Böhmen liegt am Meer

Sind hierorts Häuser grün, tret ich noch in ein Haus.
Sind hier die Brücken heil, geh ich auf gutem Grund.
Ist Liebesmüh in alle Zeit verloren, verlier ich sie hier gern.

Bin ich's nicht, ist es einer, der ist so gut wie ich.

Grenzt hier ein Wort an mich, so laß ich's grenzen.
Liegt Böhmen noch am Meer, glaub ich den Meeren wieder.
Und glaub ich noch ans Meer, so hoffe ich auf Land.

Bin ich's, so ist's ein jeder, der ist soviel wie ich.
Ich will nichts mehr für mich. Ich will zugrunde gehn.

Zugrund – das heißt zum Meer, dort find ich Böhmen wieder.
Zugrund gerichtet, wach ich ruhig auf.
Von Grund auf weiß ich jetzt, und ich bin unverloren.

Kommt her, ihr Böhmen alle, Seefahrer, Hafenhuren und Schiffe
unverankert. Wollt ihr nicht böhmisch sein, Illyrer, Veroneser,
und Venezianer alle. Spielt die Komödien, die lachen machen

Und die zum Weinen sind. Und irrt euch hundertmal,
wie ich mich irrte und Proben nie bestand,
doch hab ich sie bestanden, ein um das andre Mal.

Wie Böhmen sie bestand und eines schönen Tags
ans Meer begnadigt wurde und jetzt am Wasser liegt.

Ich grenz noch an ein Wort und an ein andres Land,
ich grenz, wie wenig auch, an alles immer mehr,

ein Böhme, ein Vagant, der nichts hat, den nichts hält,
begabt nur noch, vom Meer, das strittig ist, Land meiner Wahl zu sehen.

Johannes Bobrowski

Das verlassene Haus

Die Allee
eingegrenzt
mit Schritten Verstorbener. Wie das Echo
über die Luftsee herab
kam, auf dem Waldgrund zieht

Efeu, die Wurzeln
treten hervor, die Stille
naht mit Vögeln, weißen Stimmen.
Im Haus
gingen Schatten, ein fremdes Gespräch
unter dem Fenster. Die Mäuse
huschen
durch das gesprungne Spinett.
Ich sah eine alte Frau
am Ende der Straße
im schwarzen Tuch
auf dem Stein,
den Blick nach Süden gerichtet.
Über dem Sand
mit zerspaltenen harten Blättern
blühte die Distel.
Dort war der Himmel
aufgetan, in der Farbe des Kinderhaars.
Schöne Erde Vaterland.

PETER O. CHOTJEWITZ

Mein Volk

ich gehörte zu jenen Völkern
die bartlos sind
einst als die Zukunft begonnen hatte
wir liebten das Schwierige einfach

mein Sprechen war amtsdeutsch
mein Sinnen schien sauber
ein Herz voller Trachten und sonnenbeschienen
ein Seelenleben mit Hand und Fuß

unser Blick war stramm nach oben gerichtet
gerüstet nach innen und außen

wir standen wie Bronze im Guß
wir liebten das Schwierige siehe oben

das Leben das Sterben
aber meist ist das Einfache falsch
fast kein Satz der bestehen geblieben wäre
doch das Fragen galt wenig

HUBERT FICHTE

Der Geruch des Frühlings, des Aufbruchs zu all dem …

Dieser Geruch nach Rauch
der Verbrennungsöfen und nach Pulver
der Pelotons, nach Phosphor
ist der Geruch des Herbstes,
der wieder früh einbricht.

Der Sommer roch wie immer
nach milchreifem Korn unter den Stiefeln,
nach Milch unter den Panzerraupen.
Der Geruch des Frühlings, des Aufbruchs zu all dem …
Wie wird der Winter riechen?

WALTER HELMUT FRITZ

Vorwände

Zwischen uns und den Frieden
haben wir Vorwände geschoben.
Sonst würden wir ihn entdecken,
mitten auf der Ebene,
über der unaufhörlich Schnee fällt,
verlassen und bereit, sich zu nähern.

Ludwig Greve

Mein Vater

Spät komme ich zu dir.
Wenn Staub mich riefe – aber ich höre nur
im Spiel der feuchten, meiner Lippen,
diese gehorsame Stimme rufen.

Wo niemand wartet, Vater, im Schweigen, wo
in Salz und Asche kenne ich deinen Mund,
der nach den Kindern ruft und ächzend
bittet um Gnade die Menschensöhne.

Die ehmals gute Jacke verriet den Herrn.
Du ohne Mantel, war auch kein Tier dabei
noch Gott: wie sorgsam führtest du in
zwiefacher Kälte dein Kind zur Grube.

Dein Aug, die Stirne, Tafel vom Sinai,
der Nase starker Bogen – ich sehe nichts
und halte Nase, Stirn und deine
Bitternis doch in den hohlen Händen.

Ja, diese Hand, die unschlüssig Wort auf Wort
hier fügt, sie ahmte lange die Bögen nach
von deinem Namen, übte heimlich
Strenge und Mut des gerechten Mannes,

dem ich nie sagen konnte: ich bin dein Sohn.
Man hieß uns Fremde. Unsere Sprache war
ein Blick, ein Händetausch, und später
Auflehnung, bleiche Gewalt des Zornes.

Genügt die Trauer? Atem, Begeisterung,
die Liebesnächte danke ich deinem Grab
und auch die Kinder: unerschöpflich
höre sie lachen … Ich komme, Vater.

Jürgen Henkys

Pinkassynagoge

Unzählbar nannte Jahwe Abrams Samen,
Dem Staube gleich, der ihm zu Füßen lag –
Beschrieb mit 77 297 winzigen Namen
Die Wände jener Synagoge in Prag.

Kurt Marti

gedicht von gedichten

1

ein gedicht
das nicht zu begreifen ist
möchte vielleicht betastet sein

ein gedicht
das nicht zu betasten ist
möchte vielleicht betreten sein

ein gedicht
das nicht zu betreten ist
möchte vielleicht betrachtet sein

ein gedicht
das nicht zu betrachten ist
möchte vielleicht begriffen sein

2

gedichte sind da:
zum essen
zum radeln
zum heizen
zum fliegen
zum lachen

zum brüten
zum zahlen
zum stören
zum schwimmen
zum pudern
zum hören
zum kuckuck

3

gedichte sind zu vergleichen:
mit leben
mit rugby
mit fondue
mit cäsar
mit mäusen
mit oslo
mit arbeit
mit bultmann
mit liebe
mit unkraut
mit twist
mit allem
mit nichts

4

gedichte
sind nicht polizeilich gemeldet
gedichte
gehen niemals zur schule
gedichte
sind nicht militärdienstpflichtig
gedichte
sind nicht an der teuerung schuld
gedichte
haben nicht singen gelernt
gedichte
stören den nachbarn nicht
gedichte

streuen keine bakterien
gedichte
fliegen ohne geräusch
gedichte sind frei
gedichte sind da

Heinz Piontek

Um 1800

Zierlich der Kratzfuß
der Landeskinder,

während wer fürstlich
aufstampft.

Gedichtzeilen.
Stockschläge.

Viele träumen,
daß man sie verkauft.

Die Tinte leuchtet.

Deutschlands
klassische Zeit.

1967

Hans Carl Artmann

zueignung

lerne was,
so hast du was.
kauf dir drum
ein tintenfaß,
füll die feder
dann darin,
nimm papier,
schärf deinen sinn.
schreibe nicht
ein licht gedicht,
weiß schreibt nur
der böse wicht.
krauchen solls
durch blut und bein
bis ins herzens
kämmerlein.

Ingeborg Bachmann

Eine Art Verlust

Gemeinsam benutzt: Jahreszeiten, Bücher und eine Musik.
Die Schlüssel, die Teeschalen, den Brotkorb, Leintücher und ein Bett.
Eine Aussteuer von Worten, von Gesten, mitgebracht, verwendet, verbraucht.
Eine Hausordnung beachtet. Gesagt. Getan. Und immer die Hand gereicht.

In Winter, in ein Wiener Septett und in Sommer habe ich mich verliebt.
In Landkarten, in ein Bergnest, in einen Strand und in ein Bett.
Einen Kult getrieben mit Daten, Versprechen für unkündbar erklärt,
angehimmelt ein Etwas und fromm gewesen vor einem Nichts,

(– der gefalteten Zeitung, der kalten Asche, dem Zettel mit einer Notiz)

furchtlos in der Religion, denn die Kirche war dieses Bett.

Aus dem Seeblick hervor ging meine unerschöpfliche Malerei.
Von dem Balkon herab waren die Völker, meine Nachbarn, zu grüßen.
Am Kaminfeuer, in der Sicherheit, hatte mein Haar seine äußerste Farbe.
Das Klingeln an der Tür war der Alarm für meine Freude.

Nicht dich habe ich verloren,
sondern die Welt.

FRANZ JOSEF DEGENHARDT

Deutscher Sonntag

Sonntags in der kleinen Stadt,
wenn die Spinne Langeweile
Fäden spinnt und ohne Eile
giftig-grau die Wand hochkriecht,
wenn's blank und frisch gebadet riecht,
dann bringt mich keiner auf die Straße,
und aus Angst und Ärger lasse
ich mein rotes Barthaar stehn,
lass' den Tag vorübergehn,
hock am Fenster, lese meine
Zeitung, decke Bein mit Beine,

seh, hör und rieche nebenbei
das ganze Sonntagseinerlei.

Da treten sie zum Kirchgang an,
Familienleittiere voran,
Hütchen, Schühchen, Täschchen passend,
ihre Männer unterfassend,
die sie heimlich vorwärts schieben,
weil die gern zu Hause blieben.
Und dann kommen sie zurück
mit dem gleichen bösen Blick,
Hütchen, Schühchen, Täschchen passend,
ihre Männer unterfassend,
die sie heimlich heimwärts ziehn,
daß sie nicht in Kneipen fliehn.

Wenn die Bratendüfte wehen,
Jungfraun den Kaplan umstehen,
der so nette Witzchen macht.
Und wenn es dann so harmlos lacht,
wenn auf allen Fensterbänken
Pudding dampft, und aus den Schenken
schallt das Lied vom Wiesengrund
und daß am Bach ein Birklein stund,
alle Glocken läuten mit,
die ganze Stadt kriegt Appetit:
Das ist dann genau die Zeit,
da frier ich vor Gemütlichkeit.

Da hockt die ganze Stadt und mampft,
daß Bratenschweiß aus Fenstern dampft.
Durch die fette Stille dringen
Gaumenschnalzen, Schüsselklingen,
Messer, die auf Knochen stoßen,
und das Blubbern dicker Soßen.
Hat nicht irgendwas geschrien?
Jetzt nicht aus dem Fenster sehn,
wo auf Hausvorgärtenmauern
ausgefranste Krähen lauern.

Was nur da geschrien hat?
Ich werd so entsetzlich satt.

Wenn Zigarrenwolken schweben,
aufgeblähte Nüstern beben,
aus Musiktruhn Donauwellen
plätschern, über Mägen quellen,
hat die Luft sich angestaut,
die ganze Stadt hockt und verdaut.
Woher kam der laute Knall?
Brach ein Flugzeug durch den Schall?
Oder ob mit 'm Mal die Stadt
ihr Bäuerchen gelassen hat?
Die Luft riecht süß und säuerlich.
Ich glaube, ich erbreche mich.

Dann geht's zu den Schlachtfeldstätten,
um im Geiste mitzutreten,
mitzuschießen, mitzustechen,
sich für wochentags zu rächen,
um im Chor Worte zu röhren,
die beim Gottesdienst nur stören.
Schinkenspeckgesichter lachen
treuherzig, weil Knochen krachen
werden. Ich verstopf die Ohren
meiner Kinder. Traumverloren
hocken auf den Stadtparkbänken
Greise, die an Sedan denken.

Dann ist die Spaziergangstunde,
durch die Stadt, zweimal die Runde.
Hüte ziehen, spärlich nicken,
wenn ein Chef kommt, tiefer bücken.
Achtung, daß die Sahneballen
dann nicht in den Rinnstein rollen.
Kinder baumeln, ziehen Hände,
man hat ihnen bunte, fremde
Fliegen – Beine ausgefetzt –
sorgsam an den Hals gesetzt,

daß sie die Kinder beißen solln,
wenn sie zum Bahndamm fliehen wolln.

Wenn zur Ruh die Glocken läuten,
Kneipen nur ihr Licht vergeuden,
wird's in Couchecken beschaulich.
Das ist dann die Zeit, da trau ich
mich hinaus, um nachzusehen,
ob die Sterne richtig stehen.
Abendstille überall. Bloß
manchmal Lachen wie ein Windstoß
über ein Mattscheibenspäßchen.
Jeder schlürft noch rasch ein Gläschen
und stöhnt über seinen Bauch
und unsern kranken Nachbarn auch.

Sonntags in der kleinen Stadt,
sonntags in der deutschen Stadt.

Erich Fried

Höre, Israel

Als wir verfolgt wurden
war ich einer von euch
Wie kann ich das bleiben
wenn ihr Verfolger werdet?

Eure Sehnsucht war
wie die anderen Völker zu werden
die euch mordeten
Nun seid ihr geworden wie sie

Ihr habt überlebt
die zu euch grausam waren
Lebt ihre Grausamkeit
in euch jetzt weiter?

Den Geschlagenen habt ihr befohlen:
»Zieht eure Schuhe aus«
Wie den Sündenbock habt ihr sie
in die Wüste getrieben

Der Eindruck der nackten Füße
im Wüstensand
überdauert die Spur
eurer Bomben und Panzer

Günter Grass

In Ohnmacht gefallen

Wir lesen Napalm und stellen Napalm uns vor.
Da wir uns Napalm nicht vorstellen können,
lesen wir über Napalm, bis wir uns mehr
unter Napalm vorstellen können.
Jetzt protestieren wir gegen Napalm.
    Nach dem Frühstück, stumm,
    auf Fotos sehen wir, was Napalm vermag.
    Wir zeigen uns grobe Raster
    und sagen: Siehst du, Napalm.
    Das machen sie mit Napalm.
Bald wird es preiswerte Bildbände
mit besseren Fotos geben,
auf denen deutlicher wird,
was Napalm vermag.
Wir kauen Nägel und schreiben Proteste.
    Aber es gibt, so lesen wir,
    Schlimmeres als Napalm.
    Schnell protestieren wir gegen Schlimmeres.
    Unsere berechtigten Proteste, die wir jederzeit
    verfassen falten frankieren dürfen, schlagen zu Buch.
Ohnmacht, an Gummifassaden erprobt.

1967

Ohnmacht legt Platten auf: ohnmächtige Songs.
Ohne Macht mit Guitarre. –
Aber feinmaschig und gelassen
wirkt sich draußen die Macht aus.

SARAH KIRSCH

Bäume lesen

Der Regen fällt ins Grundwasser
anderen Nutzen
hat er im Winter nicht, es sei denn
ich bezög ihn auf Kiefern und Fichten
diesen nördlichen Bäumen
wird der Staub von Blüten und Wegen
jetzt gründlich ausgewaschen. Die Stämme
ziehen an mir vorbei (das ist übertrieben:
ich geh den Weg lang) die Bäume sind Lettern, ich
beweg mich wie auf Papier, überspringe
mühsam den Zwischenraum, stolpre ein Zeichen nieder
das hier ist Nadelwald
kein Unterholz alles durchschaubar
von Zeile zu Zeile, der Boden voll Schnee
der kommt aus dem Regen, papierweiß
Eine merkwürdige Baumgruppe
offensichtlich vom Ausland (so
wächst es hier nicht) prellt vor, ich umkreise
sie mit langsamen Schritten: sechs Bäume
der erste am größten, das wär so ein Schiffsmast
ragt in den nicht sichtbarn Himmel, oben
ein Nebelfetzen, Rauch eines Dampfers
die Bäume liegen vertäut, ihrer Schiffsuhr
Zeiger zuckt auf die volle Stunde
ein Krachen ich fürchte mich nicht, ja
das sind Schüsse! jetzt geht es vorwärts

Kampfansage nach oben, nieder
mit Dummheit Ausbeutung Hunger, rot
leuchtet mein Wort
mit mir ein Wald!, Majakowski
bläst seiner Wirbelsäule die Flöte
ich lese: Aurora

1968

Hans Arnfrid Astel

Notstand

Notstand, das ist laut Brockhaus
ein fester Stand, in dem
besonders widersetzliche Pferde
und Rinder zum Hufbeschlag,
zur tierärztlichen Untersuchung
oder zur Durchführung kleinerer
Operationen befestigt werden.

Wolf Biermann

Ermutigung

Du, laß dich nicht verhärten
In dieser harten Zeit
Die all zu hart sind, brechen
Die all zu spitz sind, stechen
und brechen ab sogleich

Du, laß dich nicht verbittern
In dieser bittren Zeit
Die Herrschenden erzittern
– sitzt du erst hinter Gittern –
Doch nicht vor deinem Leid

Du, laß dich nicht erschrecken
In dieser Schreckenszeit
Das wolln sie doch bezwecken
Daß wir die Waffen strecken
Schon vor dem großen Streit

Du, laß dich nicht verbrauchen
Gebrauche deine Zeit
Du kannst nicht untertauchen
Du brauchst uns, und wir brauchen
Grad deine Heiterkeit

Wir wolln es nicht verschweigen
In dieser Schweigezeit
Das Grün bricht aus den Zweigen
Wir wolln das allen zeigen
Dann wissen sie Bescheid

Peter Huchel gewidmet

ROLF DIETER BRINKMANN

Selbstbildnis im Supermarkt

In einer
großen
Fensterscheibe des Super-

markts komme ich mir selbst
entgegen, wie ich bin.

Der Schlag, der trifft, ist
nicht der erwartete Schlag

aber der Schlag trifft mich
trotzdem. Und ich geh weiter

bis ich vor einer kahlen
Wand steh und nicht weiter
weiß.

Dort holt mich später dann
sicher jemand

ab.

für Dieter Wellershoff

HERMANN PETER PIWITT

Nachlese

Wieder in Berlin
bin ich
zu spät
zur Revolution.
Alles ist schon passiert
im Fernsehen –
stattdessen blühen die Linden
und meine Lokale find ich
von Rebellen besetzt.
Mit den schönsten rechnet schon
die Filmwirtschaft.

Alles spricht vom Heiraten
Freunde beugen vor und werden seßhaft
mit Medizinerinnen.
Scheidungen ziehen sich hin
alte Affären werden
von Lochschwägern gesegnet.
Die Hinterhöfe setzen Taubenkrusten an
von Toten liest man wieder

unter »Lokales«.

Langsam versteift sich die Lage
zur Idylle.
Aus Straßenschlachten gingen
zu allem entschlossene
Gastronomen hervor.

Aber für morgen, wenn ihr
mit zwofünf einsteigt
Genossen, Freunde
Rechnen wir wieder stark
mit euren Söhnen.

Christa Reinig

Schwabinger Marterln

Für ein am Straßenrand überfahrenes Fräulein

Autofahrer zu begaukeln
ging sie Täschchenschaukeln
bis einst ein Mercedes kam
und sie auf seine Weise nahm

Für einen Gammler

Er saß friedvoll am Straßenrand
und kämmte sich mit seiner Hand
da kam ein Motorrad gefahren
und verfing sich in seinen Haaren
bitt für ihn und dank es Jesus Christ
daß du ein Gescherter bist.

Für die Malerin W. S.

Hier ruhet Waltraut Siebenhaar
die Malerin und Jungfrau war
sie stürzte in ihr eignes Bild
jetzt ist sie nicht mehr wild

Für einen verlorenen Dichter

Die Münchner Freiheit* zog ihn an
wo er in eine Parti kam
die Parti ging von Haus zu Haus
sie ist auch heuer noch nicht aus
der Dichter ist drin steckenblieben
der Roman blieb ungeschrieben

* Münchner Freiheit – Platz in Schwabing

Für eine zugereiste Dichterin

Hier ruhet einsam und alleinig
die letzte der Martlerinnen Christa Reinig
sie war ein wenig zugereist
und was man einen Preußen heißt
die Marterln brachten sie in Not
sie marterlte sich schier zu Tod
am Ende fiel ihr nichts mehr ein
sie ließ das Marterln ewig sein

Volker von Törne

Bleibende Werte

1

Das war ein Tag den man nicht vergißt. Götter-
und Heldensagen. Winterhilfswerk. Wotan.
Mohrenköpfe. Dr. Goebbels. Altpapier.
Lumpen. Liebesknochen. Der deutsche Mensch.

2

Die ärmsten Söhne des Volkes sind die treusten.
Was sich unsre Hörer wünschten. Vorsicht
Waren von geringem Wert. Hände weg
von Vogelnestern. Juden raus. Auch du
Volksgenosse gehörst zu uns.

3

Deutsche Erzeugnisse haben Weltruf. Goethe
und Schiller. Dr. Oetker. Die Reichsautobahn
ist eine Großtat deutscher Technik. Die Maschine
arbeitet genauer als der Mensch. Findlinge
sind Überreste aus der Eiszeit.

4

Entwarnung. Kohlenklau. Das Eintopfessen. Der Führer
spricht. Urahne Großmutter Mutter und Kind.
Hermann Göring. Die Wunderwaffen. Feind
hört mit. Die Kruppwerke in Essen. Endsieg.

5

Persil bleibt Persil

1969

Wolfgang Bauer

Der Kuß

»Das Aufeinanderklappen
zweier Menschenpappen ...«
sagt scherzhaft der Schelm.
Doch ist
der Kuß
nicht noch mehr?

Ineinandergleiten der Seelen
von sanfter Begierde
bewogen –
im Walde der Zungen.

Ob im Haustor oder im Bette
Ob im Urlaub oder an der Arbeitsstätte –
ist der Kuß immer weise
ist der Kuß immer stilles Schilf.

Kurt Marti

in dieser stunde des abschieds
da rund 2854 menschen an hunger sterben
überall in der welt
da napalm vom himmel herabfällt
in vietnam
da kinder im arm ihrer mütter verenden
in biafra
da menschen gejagt sind wie flüchtiges wild
im südlichen sudan
da leute verhört und in ohnmacht getrampelt werden
im lager dionys bei athen

da flieger eine siedlung mit bomben belegen
in portugiesisch-angola
da ein häftling in seiner zelle erwürgt wird
in haiti
in dieser stunde des abschieds
lasset uns glücklich preisen
jeden
dem in frieden zu sterben vergönnt

CHRISTA REINIG

Vor der Abfahrt

Sie kamen und suchten
unter der Bank, im Gepäcknetz
suchten sie jemand.
Danke, sagten sie zu mir.

Auf dem Dach, zwischen den Rädern
suchten sie jemand.
Unter meiner Mütze
suchten sie nicht.

Starr war die Erde.
Da nahm ich den Schnee.
In meiner Manteltasche
nahm ich den Schnee mit.

1970

Nicolas Born

Da hat er gelernt was Krieg ist sagt er

I

Er hat eine Ahnung von Nichtwiederkommen
in der Allee die sich hinten
ordentlich verengt wie auf Fotos.
Aber kaum verschwunden ist er wieder da
kaum bin ich vom Fenster weg
wird er riesengroß auf Fronturlaub
der immer (sagt er zu seiner Frau)
der letzte sein kann.

Er ist im ganzen eine Überraschung
seine Stimme klingt im Korridor
etwas anders
(es ist eher die Stimme seines
Bruders der vermißt ist)
du du sagt er und sieht sie komisch an
und fragt – da bin ich weg –
wo ist der Junge.
Sie stöbern mich auf
ziehn mich hervor knallrot die Augen zu
aus dem Einmach-Regal.
Als hätte ich Spaß gemacht lachen sie
und verlangen von mir das gleiche
ich muß umarmt und geküßt werden
bis ich schreie.

Nachdem ich ihn nicht mehr gemocht habe
mag ich ihn wieder
er spürt das sofort und nimmt von mir
was er kriegen kann.
Es ist das Erlebnis der Weite sagt er
das man in Rußland hat

es ist ein rätselhaftes Land.
Später einigt er sich auf die Bezeichnung:
Land der Gegensätze.
Er ist da in voller Überlebensgröße
will auf einmal wieder mein Vater sein
das kostet ihn Geld und viele Worte.
Ich liebe ihn nur wenn ich reite
auf dem hohen Nacken dieses Vatermenschen
der in Rußland war.

II

Theodor Anton Friebe (40) schlug mich hart
er zog mich hoch aus Zimmerecken teilte
die Schläge in Rationen ein
(zwischendurch drehte er sich um
ob er noch die Zustimmung meiner Mutter hatte
sie weinte nickte aber tapfer zu jeder Ration).
Er ist ein Arschloch habe ich geschrien
wenn Vater kommt der macht ihn kaputt
doch Theo Friebe
(Asthmatiker, stellvertr. Bürgerm.) sagte:
Dein Vater ist mein Freund
wenn du mich erpressen willst hier ist
dein Vater
und nahm das Bild in beide Hände und
trieb mich damit vor sich her
ich wich meinem Vater zur Seite aus
doch Friebe entwischte ich nicht:
Hier ist dein Vater entschuldige dich.
Friebe schlug mich hart in Millingen am Rhein
bis ich mich entschuldigte mit Nasenbluten
bei meinem Vater der danach
wieder ganz ruhig auf dem Klavier stand.

III

Da hat er gelernt was Krieg ist sagt er
brachte aber keinen Streifschuß mit
keinen Splitter im Rücken
der nicht zur Ruhe kommt
der ihn verändert hätte
später
als ich wehrpflichtig wurde.
Er brachte Geschichten von Feindberührung
zum lebendigen Erzählen beim Bier
er brachte das Geständnis Angst gehabt zu haben
was ihn mir nicht glaubhafter machte
aber reinlich stand er da und reimte alles
»Churchill hat gesagt: Wir haben
das falsche Schwein geschlachtet«
und liebte mich ab 47 wieder von vorn
er war nicht amputiert und nicht
gar nicht zurückgekommen
ich weiß nicht ich glaube
ich atmete trotzdem auf.

IV

Er hat überlebt
er kehrte als Heimkehrer heim
Februar 47 es war hell und kalt
die Pappelallee knüppelhart gefroren.
Am Friedhof nahm er die Mütze ab
er hob die Hand
er grüßte von unten herauf
ein schmaler älterer Mann.
Als er im Haus war sah es so aus
als nähme er sich eine Frau
sie sahen sich an er umarmte sie
sie riß sich los und weinte am Schrank.
In der Nacht noch kamen Verwandte
zur Begrüßung mit Eigenheimer Korn
mein Vater war sofort betrunken
sie haben ihn ins Bett gebracht

ich trug die Schuhe hinterher.
Alles fing ganz langsam wieder an
die Schwierigkeiten hielten die Ehe aus
vorläufig gab ich ihm keine Antwort
er hatte den Krieg verloren.

V

Er sprach ich bin gemäßigt
gab immer öfter Adenauer recht
baute ein Haus
kämpfte in der Familie um das letzte Wort
hatte als Angestellter Erfolg
erzog seine Kinder falsch mit Erfolg
trank gern
lachte gern
sah fern
wurde immer gemäßigter
wenn er betrunken war
schämte er sich seiner Tränen nicht
er protestierte mit einer Herzattacke
gegen die Frühschwangerschaft der Töchter
aber was dabei herauskam
das drückte er an sein Herz.
Er stritt mit ihr wer wen überlebe
sie gab ihm unrecht als sie starb.

Paul Celan

Einem Bruder in Asien

Die selbstverklärten
Geschütze
fahren gen Himmel,

zehn
Bomber gähnen,

ein Schnellfeuer blüht,
so gewiß wie der Frieden,

eine Handvoll Reis
erstirbt als dein Freund.

Hilde Domin

Ich will dich

Freiheit
ich will dich
aufrauhen mit Schmirgelpapier
du geleckte

(die ich meine
meine
unsere
Freiheit von und zu)
Modefratz

Du wirst geleckt
mit Zungenspitzen
bis du ganz rund bist
Kugel
auf allen Tüchern

Freiheit Wort
das ich aufrauhen will
ich will dich mit Glassplittern spicken
daß man dich schwer auf die Zunge nimmt
und du niemandes Ball bist

Dich
und andere
Worte möchte ich mit Glassplittern spicken
wie es Konfuzius befiehlt
der alte Chinese

Die Eckenschale sagt er
muß
Ecken haben
sagt er
Oder der Staat geht zugrunde

Nichts weiter sagt er
ist vonnöten
Nennt
das Runde rund
und das Eckige eckig

Marie Luise Kaschnitz

Ich vergesse so viel

Ich vergesse so viel
Das Meiste
Nur einiges nicht

Nicht die englische Tänzerin
Mit den roten Schuhen
Nicht den brennenden Bergahorn
Vor der Eigernordwand

Auch nicht die Toten
Mit Kalk übergossen
Wie sie glänzten im Mondlicht.

Zeit schöner Engel
Mit dem Kranz im Haar
Und der Pistole im Gürtel

Im Briefkasten liegt ein Zettel
Verlaß das Haus
Und ein anderer
Jesus war bei dir.

Jesus wer soll das sein?
Ein Galiläer
Ein armer Mann
Aufsässig.
Eine Großmacht
Und eine Ohnmacht

Immer.
Heute noch.

GÜNTER KUNERT

Gedicht zum Gedicht

Mehr als ein Gedicht
ist beispielsweise: Kein Gedicht,
denn das Nichtgedicht lebt
als sanfte Lauheit der Inspiration:
Umweltgefühl
des Tropfens im Wasser.
Der Leib fühlt sich geborgen.
Das Herz fühlt nichts.
Die Waage ist ausgeglichen.
Das Lot hängt still.

Gedicht ist Zustand,
den das Gedicht zerstört,
indem es
aus sich selber hervortritt.

ERNST MEISTER

Es kam die Nachricht
zu gehn an die See,

nördlich, und ich
wollte auch wissen
unterdes, was es
sei mit dem Anfang
der See, Ende oder
Mitte (die schwerste
Betrachtung).

Es erkannten einander,
die kamen
in gleicher Absicht.

Und es wurde
mit Gischt der Wogen
(schön und atmend das Wetter)
Lust gewebt zur Nacht.
Nicht gewußt, daß mir Liebe
geweissagt war
aus der Liebe.

HANS STILETT

Heinrich Immel zum Gedächtnis

Streng, sachlich, autoritär,
ein bißchen wunderlich manchmal,
gelegentlich unfreundlich,
dazu ein Scheißliberaler
von altem Korn: ein Lehrer,
Geschichte, Latein. Wer
rechnet Güte dagegen auf?
Unbelehrbar: Er paßte nicht
in die blühenden 60er Jahre
unseres großartigen Jahrhunderts,
auch in die goldenen 50er nicht,
er traute dem Adenauer-Frieden

nicht über den krummen Weg,
schon in den tausender Jahren
schien er uns alt: unbelehrbar.
Ohne ihn heulten die Wölfe.
Sein Typ war wenig gefragt.
Aber er fragte uns, immer wieder
in diesen unfreundlichen Zeiten,
fragte streng, sachlich, wunderlich
manchmal, unerbittlich:
Wir mußten die Antworten suchen.
Einige fand ich erst spät,
im fünften, sechsten Jahrzehnt
unseres unbelehrbaren Jahrhunderts.
Die Fragen vergesse ich nicht.

1971

Kurt Bartsch

Sozialistischer Biedermeier

Zwischen Wand- und Widersprüchen
Machen sie es sich bequem.
Links ein Sofa, rechts ein Sofa
In der Mitte ein Emblem.

Auf der Lippe ein paar Thesen
Teppiche auch auf dem Klo.
Früher häufig Marx gelesen.
Aber jetzt auch so schon froh.

Denn das ›Kapital‹ trägt Zinsen:
Eignes Auto. Außen rot.
Einmal in der Woche Linsen.
Dafür Sekt zum Abendbrot.

Und sich noch betroffen fühlen
Von Kritik und Ironie.
Immer eine Schippe ziehen
Doch zur Schippe greifen nie.

Immer glauben, nur nicht denken
Und das Mäntelchen im Wind.
Wozu noch den Kopf verrenken
Wenn wir für den Frieden sind?

Brüder, seht die rote Fahne
Hängt bei uns zur Küche raus.
Außen Sonne, innen Sahne.
Nun sieht Marx wie Moritz aus.

1972

Margarete Hannsmann

Den Dichtern

Als ich anfing über ein Land
dessen Sprache ich spreche
das meine Sprache spricht
und nicht mein Land ist
zu schreiben

als ich nicht weiterkam
weil es mir nicht gelang
Wörter in Bürgen zu verwandeln
wo ich nicht Bürgerin bin

tollwütiger Fuchs
nach dem eignen Schwanz schnappend
mich im Kreis dreh

brachte die Post den
eben erschienenen
Jannis Ritsos
MIT DEM MASS-STAB DER FREIHEIT

So erfuhr ich aus dem Gedicht
eines Griechen der geübt ist
seit Jahrzehnten seine Gedichte
in Konzentrationslagern zu schreiben:

Majakowskis Hunde hießen
Bulka Boris Lisa

Plötzlich erinnerte ich mich
gegen Morgen
war es als Peter Huchel erzählte
daß er sich den Fontanepreis
wöchentlich als Fleischration
für seine Hunde geben ließ

Ich spannte diesen Bogen Papier
in die Schreibmaschine

MARIE LUISE KASCHNITZ

Jeder

Jeder muß einmal
Sein Vaterland besingen
Sein Nest beschmutzen
Auch ich
Die Heimat dieses kleine Stück Europa
Wo Mädchen Soldaten nicht mehr lieben
Wo Soldaten sich selbst nicht mehr lieben
Wie befremdlich

Was fällt mir ein wenn ich Deutschland sage?
Mein Weg zur Arbeit

Durch den Park von Weimar
Das grüne Herz
Flieder im Belvedere
Tiefurt stampfender Tanz
Der Bauhausschüler
Triadisches Ballett

Was noch fällt mir ein?
Die Tiefebene sommerlich
Und hinter den breiten Hügeln
Auftauchend Türme
Die Weichsel bei Hochwasser
Rasch hintreibende Dächer
Bäume entwurzelte
Auch der Niederrhein
Xanten der angetriebene Leichnam
Der große Himmel

Meine Heimat vor allem
Nußbäume Linden unterm Gewitterhimmel
Weinfässer zum Schwefeln vor die Häuser gestellt
Doppeladler im Wappen, Oleander

Was außerdem?
Hakenkreuzfahnen
Dröhnende Stiefelschritte
Geflüstertes Grauen
Züge entlang dem Lahnfluß voll
Nicht singender Soldaten
Judenzüge
Detonationen Christbäume sogenannte
Asche zu Asche

Dann alles wieder neu
Aus dem Boden gezogen
Hochhäuser Hochöfen Hochstädte Autobahnen
Ferien im Ausland. Alte Kameraden
Weihestimmung im Bachverein

Und doch mein Jahrhundert vorüber
Wird mit Stacheldrahtzäunen

Niemand mehr Geld verdienen
Diesseits und jenseits der Grenzen
Bedeuten Worte dasselbe
Vaterländer und die alten
Schuldgefühle haben ausgespielt.

Ernst Meister

Hier,
gekrümmt
zwischen zwei Nichtsen,
sage ich Liebe.
Hier, auf dem
Zufallskreisel
sage ich Liebe.
Hier, von den hohlen
Himmeln bedrängt,
an Halmen
des Erdreichs mich haltend,
hier, aus dem
Seufzer geboren,
von Abhang
und Abhang gezeugt,
sage ich Liebe.

1973

Sarah Kirsch

Der Droste würde ich gern Wasser reichen

Der Droste würde ich gern Wasser reichen
In alte Spiegel mit ihr sehen, Vögel
Nennen, wir richten unsre Brillen
Auf Felder und Holunderbüsche, gehn
Glucksend übers Moor, der Kiebitz balzt
Ach, würd ich sagen, Ihr Lewin –
Schnaubt nicht schon ein Pferd?

Die Locke etwas leichter – und wir laufen
Den Kiesweg, ich die Spätgeborne
Hätte mit Skandalen aufgewartet – am Spinett
Das kostbar in der Halle steht
Spielen wir vierhändig Reiterlieder oder
Das Verbotne von Villon
Der Mond geht auf – wir sind allein

Der Gärtner zeigt uns Angelwerfen
Bis Lewin in seiner Kutsche ankommt
Schenkt uns Zeitungsfahnen, Schnäpse
Gießen wir in unsre Kehlen, lesen
Beide lieben wir den Kühnen, seine Augen
Sind wie grüne Schattenteiche, wir verstehen
Uns jetzt gründlich auf das Handwerk Fischen

für Helga

1974

Christoph Meckel

Rede vom Gedicht

Das Gedicht ist nicht der Ort, wo die Schönheit gepflegt wird.

Hier ist die Rede vom Salz, das brennt in den Wunden.
Hier ist die Rede vom Tod, von vergifteten Sprachen.
Von Vaterländern, die eisernen Schuhen gleichen.
Das Gedicht ist nicht der Ort, wo die Wahrheit verziert wird.

Hier ist die Rede vom Blut, das fließt aus den Wunden.
Vom Elend, vom Elend, vom Elend des Traums.
Von Verwüstung und Auswurf, von klapprigen Utopien.
Das Gedicht ist nicht der Ort, wo der Schmerz verheilt wird.

Hier ist die Rede von Zorn und Täuschung und Hunger
(die Stadien der Sättigung werden hier nicht besungen).
Hier ist die Rede von Fressen, Gefressenwerden
von Mühsal und Zweifel, hier ist die Chronik der Leiden.
Das Gedicht ist nicht der Ort, wo das Sterben begütigt
wo der Hunger gestillt, wo die Hoffnung verklärt wird.

Das Gedicht ist der Ort der zu Tode verwundeten Wahrheit.
Flügel! Flügel! Der Engel stürzt, die Federn
fliegen einzeln und blutig im Sturm der Geschichte!

Das Gedicht ist nicht der Ort, wo der Engel geschont wird.

Jürgen Theobaldy

Herrgottsnochmal

Komm zurück Poesie, denn ich bin
komplett verrückt geworden

und falle von einer Kneipe
in die nächste!

Nicht Trauer erfüllt mich
sondern Bier und Schnaps
und übermorgen
lasse ich mich scheiden!

Seid vernünftig, fordert
das Glück auf Erden
Dazu ein Bier einen Schnaps
und ein Schmalzbrot

1975

Hans Carl Artmann

bei rotwein und legenden
sitzt minstrel hadubrand,
blickt in die laue donau,
der weibchen vaterland.

und er hebt an zu singen
von wasserfeyn ein lied,
von veilchendunklen augen
in sommerschwülem ried.

von einem glatten leibe,
der sich im röhricht zeigt,
wenn hadubrand, er selber,
den nixenwalzer geigt.

wenn sich in abendauen
der glühwurm heftig regt,
hat hadubrand der minstrel
sein lied zurecht gelegt.

da steht er am gestade
mit seiner violin,

der bogen fiedelt magisch
über die saiten hin.

zu wien auf der piazza
erhebt sich stolz ein haus,
es hält ein echter kaiser
das ohr zum fenster raus.

juchheissa, ihr zigeuner,
hier wallt gar wildes blut,
die fiedel läßt zur ader,
bringt haut und herz in glut!

des stephansdoms geläute
vergeht vor diesem klang,
was ohren hat, das lauschet
dem zauberischen klang.

den taktstock unterm arme
steigt auf der donaugreis,
er suchet nach der tochter,
sein haupthaar sträubt sich weiß.

er stolpert über frösche,
kommt unken in die quer,
tritt einen salamander,
mäandert hin und her.

sein kind ruft er vergebens,
die eule merkts beim bier,
das macht ihn arg verdrossen
wie weiland könig lear.

es träumt ein leeres bette
im kühlen donaugrund,
die schläfrin weilt woanders
um mitternächtge stund.

wo wird sie denn grad weilen?
fragt minstrel hadubrand!
der wirds am besten wissen,
weil er dies lied erfand . .

Eugen Gomringer

jeder sucht sich selbst
jeder will sich selbst
jeder hält sich selbst
jeder trägt sich selbst
jeder fasst sich selbst
jeder tut sich selbst
jeder sagt sich selbst
jeder sieht sich selbst
jeder hört sich selbst
jeder fühlt sich selbst
jeder liest sich selbst
jeder schreibt sich sel

jede sieht es anders
jede hört es anders
jede sagt es anders
jede liest es anders
jede schreibt es ande
jede fühlt es anders
jede will es anders
jede hält es anders
jede sucht es anders
jede fasst es anders
jede tut es anders
jede trägt es anders

jede will sich selbst
jede hält sich selbst
jede sucht sich selbst
jede fasst sich selbst
jede tut sich selbst
jede trägt sich selbst
jede sieht sich selbst
jede hört sich selbst
jede sagt sich selbst
jede liest sich selbst
jede schreibt sich sel
jede fühlt sich selbst

jeder hört es anders
jeder sagt es anders
jeder sieht es anders
jeder schreibt es ande
jeder fühlt es anders
jeder liest es anders
jeder hält es anders
jeder sucht es anders
jeder will es anders
jeder tut es anders
jeder trägt es anders
jeder fasst es anders

Christoph Meckel

Worte

Nicht jeder gibt Worte her für gloom oder glory.
Ein Wort kostet weniger als die Luft, die du atmest
redet der Glückliche, der sich den Mund nicht verbrannt hat.
Aber du weißt doch: ein Wort ohne Zweifel
kostet dich mehr als Tag für Tag
die Sonne zu zerbeißen und runterzuschlucken.
Du verstählst deine Knochen, du hast dich
eingerichtet für ein Jahrhundert
mörderischer Langmut und fressender Stummheit.

Hörst du die Worte kommen, einzeln
und fordern dein Glück, deine Freude, deine Kindheit
und du gibst alles und mehr noch für ein Wort
und hast es weggegeben am Ende, du hast es
weggegeben für immer und wirst
nicht mehr imstand sein zu leben oder zu träumen.

Peter Rühmkorf

Hochseil

Wir turnen in höchsten Höhen herum,
selbstredend und selbstreimend,
von einem Individuum
aus nichts als Worten träumend.

Was uns bewegt – warum? wozu? –
den Teppich zu verlassen?
Ein nie erforschtes Who-is-who
im Sturzflug zu erfassen.

Wer von so hoch zu Boden blickt,
der sieht nur Verarmtes/Verirrtes.
Ich sage: wer Lyrik schreibt, ist verrückt,
wer sie für wahr nimmt, wird es.

Ich spiel mit meinem Astralleib Klavier,
vierfüßig – vierzigzehig –
Ganz unten am Boden gelten wir
für nicht mehr ganz zurechnungsfähig.

Die Loreley entblößt ihr Haar
am umgekippten Rheine …
Ich schwebe graziös in Lebensgefahr
grad zwischen Freund Hein und Freund Heine.

1976

Alfred Andersch

Artikel 3 (3)

1.

niemand darf wegen
seines Geschlechtes
seiner abstammung
seiner rasse
seiner sprache
seiner heimat und herkunft
seines glaubens
seiner religiösen oder
politischen
anschauungen
benachteiligt oder
bevorzugt werden

2.

ein volk von
ex-nazis
und ihren
mitläufern
betreibt schon wieder
seinen lieblingssport
die hetzjagd auf
kommunisten
sozialisten
humanisten
dissidenten
linke

3.

wer rechts ist
grinst

4.

beispielsweise
wird eine partei zugelassen
damit man
die existenz
ihrer mitglieder
zerstören kann

eigentlich waren
die nazis
ehrlicher

zugegeben
die neue methode ist
cleverer

5.

dreissig jahre später
gibt es wieder
sagen wir
zehntausend
die verhören
die neue gestapo
wehrt euch
vielleicht gibt es zeitungen
die eine rubrik einrichten
jeden tag in einem kasten
eine visage
die fotografie einer fresse
die verhört
mit namen, beruf, adresse sowie
in den meisten fällen
mitgliedsnummer der
nsdap
dann selbstverständlich
keine gewalt
sondern
geht hin
und zeichnet.

die wohnungstüre
das haus
des folterers
mit hakenkreuzen

ich garantiere euch
der wird es sich überlegen
ob er noch einmal
verhört

der läuft zu
seinem boss
und sagt
sorry boss
die machen mich
dingfest
das wird mir
zu gefährlich
dem geht der
arsch mit grundeis

hört auf zu winseln
wehrt euch
die beste verteidigung ist
der angriff
(clausewitz)

6.

als die nazis
während des krieges
in dänemark
den judenstern einführen wollten
trug der könig von dänemark
bei seinem nächsten ausritt
den gelben stern
auf seiner uniform

warum legen
der scheel
der schmidt

der willibrandt
der genscher
der maihofer
nicht den
judenstern an
wenn sie
beim frühstück lesen
dass man schon wieder
eine lehrerin
gefoltert hat

ah ich vergesse
daß sie eine solche meldung
mit der lupe
suchen müssten

wie wärs denn
bundesdeutsche zeitungen
wenn ihr
den deutschen dissidenten
wenigstens ein zehntel des raums
einräumen würdet
den ihr
den russischen
widmet
doch zieht ihr es vor
aus dem glashaus
mit steinen zu schmeissen

die splitter im fremden
anstatt den balken im eigenen
auge zu sehn

7.

das neue kz
ist schon errichtet

die radikalen sind ausgeschlossen
vom öffentlichen dienst
also eingeschlossen

ins lager
das errichtet wird
für den gedanken an
die veränderung
öffentlichen dienstes

die gesellschaft
ist wieder geteilt
in wächter
und bewachte

wie gehabt

ein geruch breitet sich aus
der geruch einer maschine
die gas erzeugt

Wolfgang Bächler

Ausbrechen

Ausbrechen
aus den Wortzäunen,
den Satzketten,
den Punktsystemen,
den Einklammerungen,
den Rahmen der Selbstbespiegelungen,
den Beistrichen, den Gedankenstrichen
– um die ausweichenden, aufweichenden
Gedankenlosigkeiten gesetzt –
Ausbrechen
in die Freiheit des Schweigens.

Walter Helmut Fritz

Also fragen wir beständig

Also fragen wir beständig
Bis man uns mit einer Handvoll
Erde endlich stopft die Mäuler –
Aber ist das eine Antwort?

Als Heinrich Heine das schrieb

als er mit letzten Amüsements
dem Verhängnis zuvorzukommen suchte

bei Gesprächen
das gelähmte Augenlid mit dem Finger hob

mit dem Opernglas
die Menschen auf der Straße beobachtete

da schleppte er sich
hinter sich selbst her

erfuhr er Last und Überlast

hatte er verstanden,
daß man immer zu spät sieht,
wann etwas aufzuhören beginnt

stellte er sich die Frage,
ob alles unabänderlich sei

ach diese Vogelscheuche Vergänglichkeit.

Peter Huchel

Aristeas II

Die Einsamkeit
der Pfähle im brackigen Wasser,
an lecker Bootswand
kratzt eine tote Ratte.
Hier sitze ich mittags,
ein alter Mann,
im Schatten des Hafenschuppens
auf einem Mühlstein.

Flußlotse einst,
doch später fuhr ich Schiffe, arme Frachten,
hoch in den Norden durch die Gezeiten.
Die Kapitäne zahlten mit Konterbande,
es ließ sich leben, Weiber genug
und Segeltuch.

Die Namen verdämmern,
keiner entziffert den Text,
der hinter meinen Augen steht.
Ich, Aristeas, Sohn des Kaystrobios,
blieb verschollen,
der Gott verbannte mich
in diesen engen schmutzigen Hafen,
wo unweit der kimmerischen Fähre
das Volk mit Fellen und Amuletten handelt.

Noch stampft die Walkmühle nachts.
Manchmal hocke ich als Krähe
dort oben in der Pappel am Fluß,
reglos in der untergehenden Sonne,
den Tod erwartend,
der auf vereisten Flößen wohnt.

SARAH KIRSCH

Wiepersdorf
9

Dieser Abend, Bettina, es ist
Alles beim alten. Immer
Sind wir allein, wenn wir den Königen schreiben
Denen des Herzens und jenen
Des Staats. Und noch
Erschrickt unser Herz
Wenn auf der anderen Seite des Hauses
Ein Wagen zu hören ist.

KARIN KIWUS

An die Dichter

Die Welt ist eingeschlafen
in der Stunde eurer Geburt

allein mit den Tagträumen
erweckt ihr sie wieder

roh und süß und wild
auf ein Abenteuer

eine Partie Wirklichkeit lang
unbesiegbar im Spiel

PAUL WÜHR

Wörter die sie sich schon
gemacht hatten bevor sie
darunter nicht einschlafen

konnten bis zu den Träumen
die falsche Antworten geben
auf ihre richtigen Fragen
bis sie die falschen stellen
und sie bekommen die richtigen
bis zur schlaflosen Nacht

1977

Rose Ausländer

Magisch

Magische Macht
einer Stunde

Da sprüht das Leben
aus jedem Blick

Du bist jung
wie die Welt
die dich im Arm hält

wie der Tod
der dich liebkost

Ludwig Fels

Alte Befehle

Schreib von der Arbeit
rät man mir
dichte was von Fabriken.

Geh zu
eine Menge Bürger sind geil
auf Nachrichten vom Fließband
beweise in Wort und Schrift
deine Gesinnung schwarzweiß.
Komm und sei fleißig
zier dich nicht
auch du hängst schließlich ganz besonders
von den Gehältern
der Studierten ab
verdiene dein Geld
mit dem Vorsprung deiner Herkunft.

Ich denke
ihr wollt nur
auf andere Träume kommen
am Feierabend
Exotik genießen
Vergnügen haben
an Streß und Akkord
sonst unbekannte Personen
ein bißchen bedauern
ganz allgemein.

PETER HÄRTLING

An meine andere Stimme

Ich wollte,
mein Gedicht könnte
singen.
Denn ich höre
eine Stimme,
immer wieder
eine Stimme

hinter den Wörtern,
nach denen ich
suche,
die nach mir
suchen,
Wörter, die
nichts mehr wiegen,
leicht sind,
leichter geworden sind
von der Suche
nach einer Stimme,
ihrer Stimme, die
das Schweigen
bricht,
endlich bricht.

Günter Kunert

Lagebericht

Alles ist möglich und
gleichzeitig ist alles unmöglich.
Nur noch Natur
ist uns geblieben oder was
von ihr geblieben ist. Um uns
geruhsame Steine von seligen Vorläufern
deren Zukunft
bis zum Jenseits gereicht hat.
Unser ist der Tag
der keinem gehört. Wir sitzen
im schwarzen Licht
essen Gift trinken Säure
wir denken wir leben
und verschieben die Folgen
auf Morgen

wo wieder mehr möglich ist
und noch mehr unmöglich
wo wir alle so sind
wie alle sein werden:

fernerhin Stückwerk
trostlos unaufgehoben
endgültig unnütz
der Rest
der verschwiegen wird.

1978

Ilse Aichinger

Ohne Jahre

Der Philippshof, Zweige,
Staub, weil es Sommer war,
und Mut.
Was bleibt, gibt zu denken,
und was nicht bleibt, dasselbe noch einmal,
Rosmarin hat eine Farbe
und hat sie doch.
Die Köpfe rund, eckig, glatt
und anders
oder ist das kein Wort,
um die Welt zu bezeichnen,
die Himmelsränder über den Rampen?
Freude ist eins
und ist es wieder
und wird es noch einmal sein
in den Dörfern,
die das Einverständnis
bei sich hält,

mit ihren Glasfischen,
Wald, der sich herabschwingt,
Landungsstellen aus Zweigen,
Stürmen und Mut.

WOLF BIERMANN

Und als wir ans Ufer kamen

Und als wir ans Ufer kamen
Und saßen noch lang im Kahn
Da war es, daß wir den Himmel
Am schönsten im Wasser sahn
Und durch den Birnbaum flogen
Paar Fischlein. Das Flugzeug schwamm
Quer durch den See und zerschellte
Sachte am Weidenstamm
– am Weidenstamm

Was wird bloß aus unsern Träumen
In diesem zerrissnen Land
Die Wunden wollen nicht zugehn
Unter dem Dreckverband
Und was wird mit unsern Freunden
Und was noch aus dir, aus mir –
Ich möchte am liebsten weg sein
Und bleibe am liebsten hier
– am liebsten hier

Ernst Jandl

von einen sprachen

schreiben und reden in einen heruntergekommenen sprachen
sein ein demonstrieren, sein ein es zeigen, wie weit
es gekommen sein mit einen solchenen: seinen mistigen
leben er nun nehmen auf den schaufeln von worten
und es demonstrieren als einen den stinkigen haufen
denen es seien. es nicht mehr geben einen beschönigen
nichts mehr verstellungen. oder sein worten, auch stinkigen
auch heruntergekommenen sprachen-worten in jedenen fallen
einen masken vor den wahren gesichten denen zerfressenen
haben den aussatz. das sein ein fragen, einen tötenen.

Bernd Jentzsch

Ein Wiesenstück

Der Schuß stehend freihändig,
Das Bündel zusammengesackt.
Vor dem Bündel der Hundelaufgraben,
Vor dem Hundelaufgraben die spanischen Reiter,
Vor den spanischen Reitern das Minenfeld,
Vor dem Minenfeld der Gitterzaun,
Hinter dem Gitterzaun das Minenfeld,
Hinter dem Minenfeld die spanischen Reiter,
Hinter den spanischen Reitern der Hundelaufgraben,
Hinter dem Hundelaufgraben das Bündel.

Rainer Kirsch

2005

Unsre Enkel werden uns dann fragen:
Habt ihr damals gut genug gehaßt?
Habt ihr eure Schlachten selbst geschlagen
Oder euch den Zeiten angepaßt?

Mit den Versen, die wir heute schrieben
Werden wir dann kahl vor ihnen stehn.
Hatten wir den Mut, genau zu lieben
Und den Spiegeln ins Gesicht zu sehn?

Und sie werden jede Zeile lesen
Ob in vielen Worten eines ist
Das noch gilt, und das sich nicht vergißt.

Und sie werden sich die Zeile zeigen
Freundlich sagen: »Es ist so gewesen.«
Oder sanft und unnachsichtig schweigen.

Rainer Kirsch

Aufzeichnung

Das Volk sagt: Eine Kugel schieben. Kegeln
Ist Leistungssport, ich bin ein Leistungsmensch:
Ich ernähre mich von Schreiben. Das ist schwer.
Kegeln ist auch schwer. Im Schriftstellerhaus Petzow
Ist eine Kegelbahn, die unbenutzt ist
Weil alte Kähne drin faulen und Geld
Zur Renovierung fehlt; ich möchte kegeln:
Kegeln ist schön. Schreiben ist auch schön, wenn
Ich Zeit hab und die Kunst geht von der Hand
Dazu ist Kegeln gut, weil es entspannt

Und bringt den Arm zu großem Ausholn und
Anspannung in den Körper, welche sich
Löst wenn man trifft, oder vorbeitrifft: Es
Ist Spiel, und Spielen ist das Schönste; aber
Ich kann nicht kegeln, weil die Bahn verstellt ist
Und nicht dem Rollen nachhörn und mit Absicht
Körper und Armschwung und die letzte Streckung
Der Fingerspitzen so koordiniern
Daß weder rechts noch links die Kugel anstößt
Und es vorn purzelt, angenehmster Ton
Wie Beeren von Trauben, welcher alles lockert
So daß ich wachse und beim nächstenmal
Die schöne Verzögerung des Fallgeräuschs mich löst: Es
Schrieb sich dann auch leichter, doch die Bahn
Ist nicht benutzbar, der Etat streng, ich
Bleib auf Liebe eingeschränkt, die gleichfalls schön ist
Aber auch ernst, ich brauch was Heiteres:
Ich helf beim Schweineschlachten, wenns sich fügt.

Michael Krüger

Über die Hoffnung

Wir wollten
die Hoffnung überraschen,
wenn sie die Fassung verliert:
die Sekunde der Revolte.
Wir richteten
uns auf eine lange Reise ein.
Wir wappneten
uns gegen Hitze und Kälte.
Der Proviant
lag schwer auf unsern Schultern:
Geschichte, Erziehung,
die Fähigkeit, die Hoffnungslosigkeit

zu ertragen, viel Literatur.
Seit gestern sind wir zurück.
Müde,
wie man sich denken kann,
und hungrig.

Die Bilder
sind noch nicht entwickelt.
Die Ergebnisse
werden bekanntgegeben.

Helga M. Novak

dunkle Seite Hölderlins

eine handgeschriebene Seite
die meine Träume aufreißt
und mich bei Tage
in Finsternis hüllt
in der Schrift meiner ersten Schuljahre
Wörter die ich kaum lesen kann
– Abhang Menschen Wilder Hügel
Wunderbar Allda bin ich –
die Apriorität des Individuellen
Seite fünfundsiebzig

eine dunkle Seite und Hölderlins Schrift
heftig gespreizte Feder
jeder Ansatz ein Druck wider Druck
er hat die Tinte
nicht sorgfältig abgestreift
und versäumt beizeiten wieder einzutauchen
die Feder verdoppelt ihre Schlingen und zieht
Haare Fasern kleine Hölzer
hinter sich her   Spuren
als zöge eine Armee von Raben übers Blatt

wie muß das geklungen haben
dieses Aufdrücken beim Schreiben
der harte kratzende Laut
dazwischen sechs kurze Zeilen
fein und lesbar
– Vom Abgrund nemlich haben
Wir angefangen und gegangen
Dem Leuen gleich
Der lieget
In dem Brand
Der Wüste –

über die Seite hin verschmierte Tinte
Kleckse Spritzer Striche   scharf
sind Schreibfedern gewesen
verglichen mit unseren weichen flüssigen Kulis
ja aus reinen Stichwaffen
haben wir Kulis gemacht

Frankfurt diese himmelschreiende Stadt
als Nabel bezeichnet aber dann steigen
– Citronengeruch auf und das Öl aus der
  Provence –
– Frankreich –
das dröhnte einmal und vibrierte
wie Paris Prag und Portugal

dicke schwarze Wörter Zeilen die einander
  überlappen
Zeilen die abfallen am Rand
Wörter die sich auf der Seite rechts unten
ballen und drängen wie ein Rudel trotziger Kinder
dunkle Seite Hölderlins die mich zerreißt
wie können Wörter so voll Licht so finster
  aussehen
– Ihr Blüthen von Deutschland, o mein Herz wird
Untrügbarer Krystall an dem
Das Licht sich prüfet, wenn – Deutschland –

ach Hölderlin
Vaterland haben wir keins
nur die üblichen hinter Orden
und gezogenen Läufen sich verbergenden
  Landesväter
immernoch
die Nacht auf deiner Seite war nicht die letzte

für Sarah

HEINZ PIONTEK

Von einem gebrannten Kind
und seinem widersinnigen Feuer

Wo noch ein Rauchfaden
aus der Asche
verräterisch scheint,

wo man das Wort *Gefahrenzone*
verschluckt, nur hinter der Hand
den Feuerstein anschlägt,

auf grün gezeichneten,
genau abgesuchten Bergen:

unterhält es mit Versen
ein kleines hellwaches,
lichtwerfendes Feuer –

als tappten wir unter der
humanistischen Sonne
im Dunkeln.

für Reiner Kunze (1973)

REINHARD PRIESSNITZ

in stanzen

des innren lebens wunderliches pflanzen,
des äussren lebens widerliches tönen,
es öffnet schliesslich sich dem schleissig ganzen
als saure sterne am vermeintlich schönen,
mit essig und mit öl garniert zu stanzen,
beginnt es wirklich nerven zu durchföhnen,
wenn es, unwissentlich, aus seinen chören
das weitre immer wörtlich meint zu hören:

nämlich das wissen, dass, mit dichten stiften,
was dichter stiften, stifter dichten: nervung;
das windig wirkliche in allen schriften,
gestanzt von den instanzen der verwerfung
(es droht, ins tanzen fallend, abzudriften
und glaubt, ins fallen tanzend, als verschärfung
des äussren wissenskurses fortzusteuern
und somit wieder innres zu durchsäuern),

so äussert es das äussre, fehlberaten,
von wieder wunderlichen nerven, bildern
in widerlichen wundern, sternen, saaten,
um alles weitre wissentliche zu vermildern
und zwar in immer gleichen schriftsalaten,
um so sich selbst da draussen hinzuschildern
und wirkliches von wörtlichem zu lösen,
als das vermeintlich innre am nervösen.

Friederike Roth

Stephen Daedalus macht ein Gedicht

Der Dichter
strömt seine Verse nicht aus wie
der Stadtbrunnen sein Wasser zum Beispiel.

Der Dichter mit bösem Vorbedacht
liest
wie man ein Lexikon liest
und schafft
einen ganzen Vorrat von Worten.
Er sammelt
aus dem Munde der schwer einhergehenden
Menschen
für sein Schatzhaus die Worte.

Er wiederholt sie und wiederholt
und vergißt
ihre handgreifliche Bedeutung.
Wiederholend verwandelt er sie
in wundervolle Worte
nur Worte.

Dann geht er
bedachten Schrittes nach Hause
und fügt
seine Worte in Sätze zusammen
mit bedachtem
unermüdlichem Ernst.

1979

Günter Herburger

Heimat

Dort, wo ich geboren wurde
und immer wieder einkehre,
während mein Herz pocht und die Erinnerung
verlorene Bäume und Zäune zählt,
den Flug der Krähen ums Rathaus
kritischer betrachtet, als hätten
diese Vögel früher mehr Kraft gehabt,
dort nennt meine Mutter mir
ihre Gebrechen und die neuesten Toten;
dort esse ich, was mir nicht schmeckte,
jetzt ohne Widerspruch, während mein Bruder
nicht mehr spürt, seiner Tochter
eine Zopfmasche eindrehend,
daß er ihr wehtut;
dort geht mein dicker Freund,
neben dem ich in der Schulbank saß
und der mich oft schlug,
torkelnd nach Hause und schreit,
bis die Polizei ihm eine Spritze gibt;
dort verbünden sich die Anderen
auch nur nachts mit den Armen,
fallen sich um die Hälse
und blicken ihren Träumen nach;
dort bedeutet, Metzger zu sein,
der von Hof zu Hof fährt, das Vieh schlachtet,
mit dem Beil teilt und die Hälften
an die Nägel des Scheunentors hängt,
noch einen ehrenwerten Beruf;
dort bleiben die Jahreszeiten aneinandergereiht
gleich den Sprüchen des Bauernkalenders,
auch für Abweichungen gibt es alten Bescheid;

dort glaubte ich einst, die Beine
von Flamingos im Flußbett gesehen zu haben,
obwohl es nur Bachstelzen waren,
erregt von Stein zu Stein springend
zusammen mit Sonnenstrahlen,
gefangen in einem Netz
aus Übermut und Zärtlichkeit.

WOLFGANG HILBIG

›laßt mich doch‹

laßt mich doch
laßt mich in kalte fremden gehn

zu hause
sink ich
in diesen warmen klebrigen brei
der kaum noch durchsichtig ist
der mich festhält der mich so
festhält

laßt mich in die einsame fremde
dort will ich um mich haun
mit meinem schatten fechten daß
hiebe pfeifen in wasserklarer luft
hier würgt mich stille
hier saugt zäher brei an meiner hand

laßt mich
wo die sicht klar ist
oder in steine in hohe steinwände in
mauern für meinen schädel – –

Yaak Karsunke

unermüdlicher kämpfer

was auch wo immer geschieht
– mag es andern genossen
die sprache verschlagen –
der ständig sich selbst
engagierende dichter
erhebt seine stimme
läßt keine gelegenheit aus
den gegner zu geißeln

was auch wo immer geschieht
er entnimmt es der zeitung
dem fernsehn dem radio
ständig sucht er nach übeln
die er anprangern kann
jedem erschlagnen genossen
bricht er die knochen noch einmal
auf zeilenlänge

:er lebt vom verkauf von gedichten

Peter Rosei

Ach was!

Vom Fleisch der Bücher aß ich gern. Ich
war jung. Wie alles duftete, rötlich war!
Leben kann ich nicht, habs nie gelernt.
Wie weiß doch Bücher sind! Der Schnee.

Peter Rosei

Es geht

Ich nahm ein Stück Papier, spannte
es in die Maschine, tippte lange,
bis das Gedicht da fertig war: Nun
schreib ich weiter; man könnte sa-
gen, daß einer tätig ist: z. B. ich.

1980

Rainer Malkowski

Wenn der Versuch, etwas auszudrücken,
besonders schön
scheitert –
entsteht ein Gedicht,
sage ich manchmal.

Und ich lache bei diesem Satz,
der sich unter meinem Lachen
verfärbt.
Kann es sein, daß unsere Worte
auf der einen Seite des Flusses
leben
und wir
auf der andern?

Aber was für ein Leben
leben sie –
wenn nicht
das unsere?

Auf meine Blindheit bin ich gefaßt
sobald ich
die Augen öffne.

Guntram Vesper

Die Leuchtfeuer auf dem Festland

1

Bürger, der Verfasser der Lenore
führte in den Dörfern um Göttingen
ein erbärmliches Leben
nie war Geld im Haus
die Gerichtsbücher verkamen ihm
über den Liedern an Molly, das
war die minderjährige Schwägerin
unter dem zernagten Dach aus Stroh
die uneheliche Mutter
seines Sohnes, den er sich
aus den müde gewordenen Augen schaffte.
Bienenzucht, Ackerbau, Landhandel
die Sackgassen wurden zu Schluchten.
Ich trage
ein großes Buch in mir herum
viel schwerer als alles von Goethe
aber was auf dem Papier steht
sind Krümel.
Einen November, Dezember lang
las er mit Lichtenberg
die Berichte der Nordmeerfahrer.
Mich friert so sehr
sagte er jedesmal
nach einer Stunde, weshalb denn.
Der Dienstherr verfolgte ihn
und auch die Bauern hatten keinen Sinn

für Gedichte
Empörung allein, um zu plündern.
Nur der verschlagene Hofrat
und die alternde Hofrätin in Gelliehausen
im Haus am Teich
hörten das Kauderwelsch
des überflüssigen Schriftstellers
irgendwo auf der Welt.
Seine Freunde erzählten sich von
den endlosen Gängen, rastlosen Märschen
über die Felder.
Manchmal, von Zeit zu Zeit
traf in den Städten ein Brief ein:
holt mich heraus.

2

Mein Traum das Seeleben, das Vorüberfliegen
der Schiffe auf dem ungeheuren Meer
Matrosen voll kindlicher Freude
an der Reling
Winken, Rufe
von Bord zu Bord, Fragen
nach dem Woher, Wohin
nach fernem Krieg und fernem Frieden.
In solcher Gesellschaft nichts wissen
immer zwischen den Kontinenten
an ihrem Saum
auf der Wellenlinie der Schönheit.

3

Mit dem Einbruch der Dunkelheit
kommen die Vögel vom Meer
und kreisen in taumelnden Schwärmen
um die Leuchttürme auf dem Festland
sie halten sich
so lange in der Luft, wie sie nicht
zu sterben glauben.

1981

Cyrus Atabay

Über das Erhabene

So also hast du uns erdacht:
als Teile eines riesenhaften Triebwerks,
die deine Kraft, die unerforschlich genannte,
handeln läßt. Auf diesem Tummelplatz
heißt du uns kämpfen und gegen unseren Willen
tun, was zu tun wir nicht gewollt haben.
Indessen verschlingt dein Flammenmund
die Welt, befriedigt schleckst du dir die Lippen
über das göttliche Schauspiel.
Selbst in der Grausamkeit hast du uns
übertroffen, himmlisches Lotosblatt,
das in der Zeit ruht, ohne von ihr
befleckt zu sein. Noch aber hast du
deine höchste Erfindungskunst nicht erlangt,
weil du nicht fragst
nach den Früchten deines Handelns.

Rose Ausländer

Was

Was
soll ich euch schenken
außer den Lichtblumen
und Trauerblättern
meiner Worte

Ich gehöre meinen Worten
die euch gehören

Jürgen Becker

Sommergeschichte

Liegend im Gras, hochblickend
zum Giebel der Scheune,
Brandspuren, die Spuren,
»welcher Krieg«, von Befreiung,
aber unser Freizeit-Maurer
hatte den Putz losgeklopft,
nicht weil er sehen wollte,
wie ich, die Politik des Fachwerks.

Heinz Czechowski

Was mich betrifft

Erziehungsberechtigt,
Und doch
Ständig erzogen von meinen Erziehern,

Mit gelockerter Zunge
Mündig geworden,
Und doch
Ständig mich anhaltend, den Mund zu halten,

Geh ich
Noch immer im Kreis.

Auf mich also verwiesen
Im Guten und Schlechten,
Teile ich mit:

Was mich betrifft,
So bin ich ich.

Die Zunge der Schlange ist
Geschickter als meine,

Die Haut des Chamäleons
Paßt sich vortrefflicher noch als die meine
Den jeweils herrschenden Umständen an.

Meine Vorzüge, ich gebe es zu,
Sind vergleichsweise gering: aber
Daß ich nicht kriechen kann
Und meine Farbe nicht wechseln

Je nach Belieben,
Ist auch eine Gnade, für die ich

Niemand zu danken habe,
Außer mir selbst.

Robert Gernhardt

Materialien zu einer Kritik der bekanntesten Gedichtform italienischen Ursprungs

Sonette find ich sowas von beschissen,
so eng, rigide, irgendwie nicht gut;
es macht mich ehrlich richtig krank zu wissen,
daß wer Sonette schreibt. Daß wer den Mut

hat, heute noch so'n dumpfen Scheiß zu bauen;
allein der Fakt, daß so ein Typ das tut,
kann mir in echt den ganzen Tag versauen.
Ich hab da eine Sperre. Und die Wut

darüber, daß so'n abgefuckter Kacker
mich mittels seiner Wichserein blockiert,
schafft in mir Aggressionen auf den Macker.

Ich tick nicht, was das Arschloch motiviert.
Ich tick es echt nicht. Und wills echt nicht wissen:
Ich find Sonette unheimlich beschissen.

ULLA HAHN

Ars poetica

Danke ich brauch keine neuen
Formen ich stehe auf
festen Versesfüßen und alten
Normen Reimen zu Hauf

zu Papier und zu euren
Ohren bring ich was klingen soll
klingt mir das Lied aus den
Poren rinnen die Zeilen voll

und über und drüber und drunter
und drauf und dran und wohlan und
das hat mit ihrem Singen
die Loreley getan.

KARL KROLOW

Herbstsonett mit Hegel

Den Staub des Sommers unter den Fingernägeln,
den Dieselgeruch noch immer im faulenden Laub.
Verschiedene Beeren leuchten, geschaffen zum Raub
durch Amseln und Winde, die über Baumkronen segeln.

Der Herbst ist anders. Er nennt seine Regeln
und bläst in die Blätter und Blusen den eigenen Staub.
Er brennt in den Gärten. Du frierst schon im Rücken. Glaub
mir, der ist Dialektiker. Wie weiland bei Hegeln

geht es zu mit der Geschichte beliebiger Jahre,
mal so und mal so. Der greift getrost in die Haare
mit Sturm und macht die Geschichte kaputt.

Der ist nicht zu ändern, der kommt mit den Regenschauern.
Da hilft nichts. Da gibt es nichts zu bedauern.
Die Furie des Verschwindens landet schließlich im Schutt.

1982

Sascha Anderson

wer ich bin werden wir
sehen auf der fotomontage mein herz
kreuzt der graue schatten
unserer achtundvierzig gestrigen stunden
das gelb meiner ohnmacht
ich kann mich erinnern eines tages

ich selbst wollte die formel meines sterbens
finden
und nannte meine erinnerungen
gelb
ich erwarte nichts
weisst du die dinge vergessen uns
schneller als wir denken
und ich weiss nicht wer es war

Walter Höllerer

Philosophie der Neutronenbombe

Die Leute sind tot,
doch die Denkmäler bleiben.

City lights Poeten sind tot
und Disneyland hat das ewige Leben.

Hier steht die Kreml-Mauer im leeren Moskau
und dort steht Wallstreet im leeren Manhattan,
addressed to Emptyness,

unsere Katze ist tot mit uns, aber
Kater Karlo blieb unversehrt mit Reagan im
Hollywood-Filmarchiv,

Empire State, empty, grüßt herüber
zum leeren Eiffelturm
und Satelliten übertragen weiter
die Endlosschleife:

Lets make the Monuments great again.
Laß uns die Denkmäler großmachen.
Grosz. Groeszer. Das
GROESZESTE

Ernst Jandl

an gott

daß an gott geglaubt einstens er habe
fürwahr er das könne nicht sagen
es sei einfach gewesen gott da
und dann nicht mehr gewesen gott da
und dazwischen sei garnichts gewesen
jetzt aber er müßte sich plagen
wenn jetzt an gott glauben er wollte
garantieren für ihn könnte niemand
indes vielleicht eines tages
werde einfach gott wieder da sein
und garnichts gewesen dazwischen

Jutta Schutting

Weg von dir, weit weg,
damit die ungeliebte Liebe
nicht länger wundgebrannt wird
und jedes liebe Wort zu viel das Herz mir würgt.
weg von dir, weit weg aus alledem,
was, schmerzstillend jeden Schmerz,
schmerzlos ans Herz mir rührt.
schmerzbetäubt weg aus dem,
was, nie gewesen, enden muß,
bevor die Liebe, schwerverletzt erwacht,
nach frischem Schmerz verlangt:
der Schmerz um uns, er hielte an dir fest
im Schmerz um dich bliebest du bei mir
und gäbest mich nicht her

1983

Erich Fried

Was es ist

Es ist Unsinn
sagt die Vernunft
Es ist was es ist
sagt die Liebe

Es ist Unglück
sagt die Berechnung
Es ist nichts als Schmerz
sagt die Angst
Es ist aussichtslos
sagt die Einsicht
Es ist was es ist
sagt die Liebe

Es ist lächerlich
sagt der Stolz
Es ist leichtsinnig
sagt die Vorsicht
Es ist unmöglich
sagt die Erfahrung
Es ist was es ist
sagt die Liebe

1984

Rolf Haufs

Bildnis Peter Huchel

Als ich Sie das erstemal sah schwammen
Schwäne über den See. Mitten auf dem Wasser
Lag still das Boot des Fischers.
Sie schwiegen. Aber Sie hörten zu mißtrauten
Dem Dichter der Sandalen trug
Wie eine Botschaft

In Weimar sah ich Sie wieder
Als Präsident einer kulturellen Veranstaltung
Wieder haben Sie nur geschwiegen
Wie macht er das, dachte ich
Als Präsident. Kein Zeichen
Keine Bewegung wem denn das Wort erteilt war

Später kamen Nachrichten. Autos standen
Vor ihrem Haus. Besucher wurden ferngehalten
Der Sohn wurde geschlagen. Manuskripte auf Lastwagen
In einen Schuppen gekippt.
Sie können alles wiederhaben
Die Stimme hörten Sie noch
Zitternd im Schatten südlicher Bäume

In Rom kamen Sie an mit sieben Koffern
Wer ist er? Ein Telefongespräch wurde vermittelt
Er ist ein Dichter *nicht geboren*
Unter den Fittichen der Gewalt zu leben.
Langsam fingen Sie an zu erzählen
Aufschreiben! rief einer und wußte es besser

Ihre Milde war streng. Auf den Fotografien
Sieht jeder wie tief Ihre Augen gesehen haben
Ängstlich bestellten Sie bürgerliche Gerichte
Tingeln nannten Sie anstrengende Lesereisen
Lieber sprachen Sie von Disteln Dornen
Von den *zerbrochenen Sätzen aus vergilbten Papieren.*

Nicht mehr fliegen wollten Sie über die märkischen
Wälder. Die Seen lagen still wie immer
Jeder Turm ein Vertrauter jede Erhebung
Was ist aus den Katzen geworden
Wer hat das Holz für die Fensterläden verbrannt
Einmal kam Silone. Er trug einen weißen Hut

Sie sind gestorben. Aber wie. Manchmal spricht
Einer von Ihnen. Wie schnell sind viele vergessen
Wie wäre es Sie kämen nur einmal noch
In diese Stadt. Und blieben ein paar Tage
Zu fragen wäre genug. Da könnten Sie
Mithalten

Karl Krolow

Etwas, das uns betrifft

Die Vögel singen nicht die Loreley.
Andere Länder sind patriotisch
und stolz. Hier geht nichts mehr.
Verschreckt und laut zugleich –
hier ist nichts selbstverständlich.

Die Sorgfalt geht nie leer aus.
Wohlfahrt macht kalt.
Stimmt alles. Aber die Türkei
beginnt schon um die Ecke
wie Jugoslawien, Sizilien.
Das ist doch nicht in Ordnung? Oder?
Ich hör immer: Ordnung.
Wasch dich: das hilft weiter.
Anderswo ist anderes ähnlich:
Indien in London,
Algier in Paris.
Die Grübelsucht grenzt schon an Depression.
Sonst: das Perfekte! Liebe DMark,
bleibe hart so lang wie möglich. –
Die plötzlichen Zusammenbrüche!
Da stimmt was nicht. Pelikanol
will nicht mehr kleben.
Die AEG macht Geschichte wie die
ewige Deutsche Bank.
Ist das denn alles
noch regierbar? Nur Mut, sag ich:
ein bißchen Basteln am Sozialstaat:
die Lobbies kreischen und es wird gekuscht.
Man denkt nicht mehr des Nachts
an dieses Land. Man spürt es
in den Knochen. Beinah
kommt Mitleid auf.
Es soll doch alles gut gehn
wie in den Fünfzigern.
Lang her. Noch sind die Arbeitsämter
nicht geöffnet, rund um die Uhr.
Es lohnte sich. Das Deutschlandlied
hört man im Radio über einen Sender
zu jeder Mitternacht.
Die geht vorüber
mit der *einen* Strophe:
»Blüh im Glanze dieses Glückes.«

Hannelies Taschau

life seeing und zurück

Vom Fremdenführer
Guide heißt er und sollte gut in
der Hand liegen
Vom life seeing in Afrika inkl.
Tanz der Lippenpflockneger
oder im Solling als Hausgast
mit den Erben des Heimatdichters
den Steckrübentag begehen
und seine bittren
dreiundsechzig Jahre alten Briefe
lesen
oder im Norden von Kansas in der
Autoschlange warten auf Besichtigung
eines Nichts: das geografische
Zentrum der Vereinigten Staaten

Vom life seeing zurück
zum Reisen
als es noch Verlust war
Irrfahrt Vertreibung oder Verbannung
Entbehrung war es und Not und
ohne Anspruch

Da stellten wir noch Lichter in die
Finsternis
da öffneten sich unsere Türen
wir gaben Essen Trinken und Schutz
letzten Endes Asyl

Guntram Vesper

Eine Frage aus dem neunzehnten Jahrhundert

Hinter dem Rathaus kam ich an Bussen
mit beschlagenen Scheiben vorbei
Schilde waren gegen die Reifen gelehnt.

Hundert Schritte weiter, auf dem Markt
Fahnen, Helme, dichte Menge
Stille, die drückender
als jede Drohung war.

Man wird sich immer irren, man wird
immer wieder das Wichtigste vergessen und
wissen wollen, wer der
Stärkere ist.

1985

Adolf Endler

Verse echter Dankbarkeit

Eine Magistratsangestellte Mitte der Siebziger
zum Autor: »Ich höre: Sie sollen jetzt auch eine
Wohnung bekommen ... Ihre Gedichte werden
dann hoffentlich anders aussehen!«

Bald fünfzig; und nicht länger nur Gekrächz und
Poescher Rab' ich;
Denn eine Wohnung endlich, eine eig'ne Wohnung
hab' ich!

Ein and'rer Kerl scheint man geworden: Vorwärtsstürmend gab ich
Mein Ehrenwort, daß künftig keinen einz'gen weiter'n Stab ich
– Auch Staates Sicherheit nie wieder untergrab' ich … –
Über die Heimatstadt zu brechen wagen will, Frau Zapich!
Ja, durch die Straßen als ein nagelneues Wesen trab' ich;
Mich an der Interessantheit blühender Hauptstadt lachend lab' ich;
Mit reif'rem Werk lob' unser'n Alex (nicht den Baobab) ich;
Plumps! war im Eimer meine Lust auf Plowdiw oder Plön! …
Ich han min Lehen!, Leute, eine Wohnung, Wohnung hab' ich!
(Tönt's nicht schon kräftiger, mein Lied, nicht fast schon wunderschön?)

Inge Müller

Wir

Wir, sagte einer, der dazugehört
Sind die verlorne Generation
Sie haben uns um unsre Ration geprellt
Das uns Zustehende war schon verteilt
Wir wurden mit der Lügenflasche aufgezogen
Gefüttert mit dem Brei der Heuchelei
Gezüchtigt mit der Peitsche der Vergangenheit
Geängstigt mit dem Teufel an der Wand
Bis wir das Gängelband zerrissen aus Furcht
Und stolpernd über unsre eignen Füße fielen
Im Namen unsrer Väter schrien wir Heil
Und glaubten unser eigenes
(Und wer von uns den Mund nicht auftat
Würgend an unverdaubaren Schalen
Spie hin und wieder aus ins Gebüsch: der Magen
War gesünder als der Kopf)

Wir lernten Preußens Gloria und drei vier:
Ein Lied und Deutschland, Deutschland über alles
Über die eigne Leiche gehn fürs Vaterland
Marsch, marsch: Volk ans Gewehr. Deutsch sein
Heißt treu sein; Kopf ab zum Gebet
Humanismus heißt: JEDEM DAS SEINE
(Die Mauer steht noch, wo das steht).

GUNTRAM VESPER

In einer kleinen Stadt

Sie wohnten in den Häusern am Markt
unten das Geschäft und oben
die Wohnung
dahinter die Gärten zum Fluß.

So hatte das Leben begonnen und so
ging es weiter.

Achtunddreißig führten sie
das Mädchen vom Postamt
mit einem Schild um den Hals durch die Straßen

und fünf Jahre später half man, den
polnischen Knecht
nach oben zu ziehen

zwei Tage hing er
in Höhe der Wohnzimmerfenster.

1986

Elisabeth Borchers

Die vielen Bücher

und ist ein langes Wort,
sagt Danton.
Da warteten sie.

Diese vielen Bücher, denke ich.
Heine und Benn
und Brecht.
Die vielen zuvor.
Die vielen danach.
Verweilen, Lieben,
Vergessen.

Und das Leben,
sagt Danton.
Da mußte er sterben.

Ich sehe die weite Landschaft *und*
das die Wärme
und Kälte umfassende Haus.

Harald Hartung

Am Ende der siebziger Jahre

Wir lasen in dem Buch vom Eisberg. Doch
der's schrieb, ist kürzlich fortgezogen, wohnt
tiefer im Süden, ließ uns hier zurück
in kalten Zimmern wo Rußflocken fallen

Europa, das sich einschwärzt als Geschichte
die niemand mehr entziffert. Zwischen Grau

und Grau die Eule auf dem Radarschirm
Die Insel driftet, niemand kann es messen

Da kam der Schneesturm, häufte alles Weiß
um Straßen Baumgerippe Häuser bleich
wie dieses Licht wie dieses Leichentuch

Ein Knistern nur, wir schaun uns an: *das Jetzt*
Die Insel rutscht zur Seite in den Raum
Eisblume nun in Hegels Weltenauge

Alfred Kolleritsch

Horizont

Daß es eine Schwelle ist,
ein Überschreiten, die Schwelle:
wirft es voraus, und es blickt zurück,
das Neue, dem Ende näher,
groß und ganz, eine Grenze.

In einer Bewegung, Dunkles und Trost,
und das Licht gibt die Trauer.
Worauf es fällt: es bleibt, die Dinge
reißen die Herzen auf, Abschied
zugleich, Gehen. Die Heiterkeit
rettet den Schrecken, der Sprung
hält die Zeit, die Zeit nichts.

Reiner Kunze

Literaturarchiv in M.

Unterkellert bis zum Styx

An die wand gelehnt
ein ruder: Charon
liest

Ob er, ehe er den toten übersetzt,
einsicht nähme in das manuskript ...

Nicht noch die nicht gedruckten irrtümer, sagt er

Die lieder liest er
des Orpheus

Er trage sie bei sich seit damals

Wie die liebe, so das lied, sagt er. Das aber sei's
weshalb den tod

keines mehr wendet

Eurydike würde nicht folgen, sagt er

Sagt's
beim ruder an der wand

Und warum lese er des Orpheus lieder hier?

Ein ort der schatten sei's
mit dem licht der oberwelt

Friederike Mayröcker

Begegnung mit Vogelstück

Fleisch des Gedichts, die
Qualen groß, verschwinde im
Zeilenbruch

dieses
Vorauswissen
Baumbüschung
Windbruch und -brust
dieses
stockende
Atmen plötzlich vergeblich
Entliegen, rotes
Wehr

eine ärgste und finsterste
Kohlenarbeit . .

der Peloponnes nämlich, nach
Fußwaschung übers Parkett geschwappt
schmiegt sich ans
Zeilenknie

Friederike Mayröcker

Gedicht mit Motto

*(»mein Herz ist trocken«: Sprache der Mayas
für: ich habe Durst)*

ich habe Durst
gehabt aber du hast mir von deinem Wort
nicht gegeben

ich habe Hunger
gehabt aber du hast mir von deinem Blick
nicht gegeben

ich habe Erde gegessen des Himmels Wasser
getrunken und überlebt

mein Herz ist trocken
Fremdling der Liebe

Peter Waterhouse

Jetzt

Vielleicht sollte man nicht sagen Gedicht.
Nicht ich, du etc., sondern einer in einer schwarzen Hose.
Der Himmel ist etwas Größeres, als es der Spaziergänger wie
ein Spaziergänger bedenkt.
Wo ist der Hut, wenn die Frage schon anders endet?
Täglicher Freund Tür und alles andere.
Der Bleistift ist ein Gedanke vom Kürzerwerden.
Jetzt kommt die Zeit, und man sagt besser vielleicht Gedicht.

1987

Hans Arnfrid Astel

Zikaden

Geh ich vorüber,
verstummen die Zikaden.

Bin ich vorüber,
singen sie weiter.

Hör ich sie schaben
muß ich verstummen.

Sterben die Sänger,
singe ich weiter.

Sterbe ich selber,
singen sie mich.

Volker Braun

Das Lehen

Ich bleib im Lande und nähre mich im Osten.
Mit meinen Sprüchen, die mich den Kragen kosten
In anderer Zeit: noch bin ich auf dem Posten.
In Wohnungen, geliehn vom Magistrat
Und eß mich satt, wie ihr, an der Silage.
Und werde nicht froh in meiner Chefetage
Die Bleibe, die ich suche, ist kein Staat.
Mit zehn Geboten und mit Eisendraht:
Sähe ich Brüder und keine Lemuren.
Wie komm ich durch den Winter der Strukturen.
Partei mein Fürst: *sie hat uns alles gegeben*
Und alles ist noch nicht das Leben.
Das Lehen, das ich brauch, wird nicht vergeben.

Margarete Hannsmann

Griechenland

Schöne Leihgab
deine Fluren
rufen zurück
wovon ich Abschied nahm

Deine Gebirge bergen
was in den deutschen Planquadraten
starb
Blumen und Tiere

Deine Menschen
sind näher an der Schöpfung

Eine Weile noch
können wir unter ihnen wandelnd
uns verwandeln

Angstlos

WULF KIRSTEN

stimmenschotter

Hörst du den Gott im finstern Meer?
Heinrich Heine

trostesbang
die abschwünge
wider
alle unumstößlichen verheißungen,
schachfiguren, aus der lebensmitte
gerückt, ins totenreich der natur.
der stimmenschotter
im versiegenden flußbett
mit ulmenzweigen gepeitscht
wie damals.
die umgeschuldeten mißerfolge
in den gebetsmühlen aufrecht
zersungen, zermalmt.
die rückläufigen erfolge
als bettelsuppe ausgelöffelt.
für die mitglieder der menge

das backmehl huldreich gestreckt
schon wieder ein hungerjahr lang.
im handgepäck
die kleinen wortrechte,
ausgesiedelte lebensgeschichten,
gewissenhaft totgeschwiegen.
was willst du noch hier?
die stühle der königreiche
sollen sich umkehren
oder auch nicht.
wer aber, herr pfarrer,
wer soll uns begraben,
die wir hierbleiben?
fragen die alten
in den dörfern reihum.
im kirchenschiff
tanzt
der vom licht getroffene staub.
auf einer staubsäule
fahrn
in das himmelreich!

FITZGERALD KUSZ

Literatur

in meim bäichäschrank
vädroong sersi
dou schdäihd aa bouch
schäi broov neberm andern
bladz gnouch hamms ja
obbä in meim kubf
dou gehms kann rouh

Friederike Roth

Das alte Treiben

Was, Liebster
soll sein
mit der Liebe?
Vor meinem Fenster
die Fichte
steht ruhig
morgens, abends
im Vogelgezwitscher
nachts
schwarz gegen den Mond.

Verschont
will ich bleiben.
Das alte Treiben
will nicht mehr
und begehr
Unmögliches
doch wieder sehr.

Robert Schindel

Leopoldstädter Tanzlied

I

Ich habe Lust auf Lüftesprünge in den Winterwiesen
Auf Entenparlamente auf dem dünnen Eis zu Heustadel
Auch auf die nackten Misteln in den Jesuitenbäumen
Bekommen hab ich Lust, fest in die Luft zu beißen.

Mit welchen Zähnen in welch kalten Wintern?
Ich frags nicht aus. Will mit der Freundin
Eisküsse tauschen und ums Lusthaus rennen.
Habe die Gier so sehr nach Königinnenschnee.

2

Das ists, was mir gefällt an mir: so ein Gefallen,
Ein wienerisches Wurzelziehn, ein Rustenschacher Nebel,
Ein Schüttelstraßenwind mit dem gewiegten Orion
Der auf die Simmeringer Lände schaut.

3

In diesen knochekalten innerlichen Wintern
Daweil ich doch allein bin und es Kröten regnet
In meinen Träumen wird die Lust ganz aberwitzig
Und beißt der Wind zurück. Mir machts nichts aus.

4

Die Hauptallee entlang humpelt mein alter Freund
Der Kärntner Urslawone aus Kagranien
Und möchte Wurzelziehn beim Bildermalen.

Ich hüpf daneben, bis um halba fünf die Krähn
Den Himmel rupfen
Vor sie in den Schlaf verfallen.

Da werd ich torkeltanzen und die Roßkastanien
Setzen das Abendlicht in ihre Schunkelhöhn.
Ich hab den Schlund voll Lust, indes die Fröste gehn.

1988

Ludwig Fels

Moritat

Über Deutschland habe ich nichts mehr zu sagen.
Ich spreche mich frei von dieser Sprache.
Ich bin zu heimatlos, um Dichter zu sein,
zu deutsch, um wie ein Mensch zu leben.
Ich sage, keine Zeile mehr, nach jedem Satz.

Ludwig Harig

Das schreibende Subjekt

Ergreift der Mensch den Stift, schon wird er kategorisch.
Das schreibende Subjekt bedient sich der Poetik,
schmäht nicht das Regelwerk berechneter Ästhetik:
das Werk aus hohlem Bauch bleibt meistens illusorisch.

Gelehrtenverse sind gebildet und rhetorisch,
die auditive Kunst berauscht sich in Phonetik,
konkrete Poesie gefriert in Arithmetik,
das lyrische Gedicht ist meistens metaphorisch.

Ein ganzer Kanon steht dem Schreiber zur Verfügung,
dem schieren Leidensdruck, der köstlichen Vergnügung:
es ist die ganze Welt auf einmal kreativ.

Den einen quält das All, den andern plagt die Enge,
es wechselt freies Spiel in arge Ausdruckszwänge:
der eine ist erwacht, dieweil der andre schlief.

Matthias Politycki

Ein gewisser Eichendorff bläst den Blues von der prästabilierten Harmonie

Nehmt ihn hin, den Duft des Morgens
eurer fast verschlafnen Tage,
nehmt den halbzerbrochnen Spiegel
einer Marmorwelt. Die Klage

längstverträumter Zeiten dämmert
euch im Dunst des Morgentaus,
schimmert aus der nie geschauten
Ferne, will mit Kraft heraus

aus dem Netz der Straßen, Gassen,
durch die Tore, über Treppen,
will den Himmel selber sehen. –
Doch ihr könnt euch wenden, drehen:

seid gefangen, selbst im Rausch,
sehnet euch nach Brunnenrand
mit noch unverlöschtem Spiegel
und darin dem Himmelsband.

1989

Gerhard Falkner

schwarz / rot / gold

alle wollen mit der sprache, meiner mutter
um die fahne raufen
ich soll der heimat aus dem wortschatz
land verkaufen
den rhein hab ich vergiftet, weil ich ihn
betrachtet habe
und für ein dunkel blüh ich, das ich nicht
umnachtet habe
mit leeren händen hab ich dieses land
geteilt
von bär und adler seinen wappengrund
geheilt

woher ich deutschlands namen weiß?
der fisch war in eine zeitung gewickelt

Thomas Rosenlöcher

Die Neonikone

Als ich nach Amsterdam kam
und um die Ecke bog,
stand ich vor dem Fenster der Hure.
Sie aber saß in rötlichem Licht
auf einem Hocker und schaute mich an
und lupfte ihre lange
lebendige Zunge nach mir.
Da war ich vom Donner gerührt,
weil alle Schönheit in einer
einzigen Hure wohnte,
und neben mir im Dunklen stand
ein augenrollender Kreole
und ein lächelnder Blitzlichtjapaner,
so daß wir gemeinsam die Menschheit darstellten
vor der Ikone aus Neon,
die ihre Schenkel auftat und schloß,
noch als ich nach Sachsen zurücklief und meinen
armen, armerudernden Schatten
schräg an die Wand warf im Lauf.

1990

Jürgen Becker

jetzt tauchen die sichtbaren Teile
der Geschichte auf, eine Folge von flimmernden
Resten, die zum Wiedererkennen
aufbewahrt und hervorgeholt sind. Musik
in den Hauptstädten; Schwermut, Spiegelschriften,
Schönheitswettbewerb. Noch abends wird

an den Bretterzäunen gehämmert, die Wind
ablenken, Geruch aus den Öfen. Die Nachbarin
steht noch im Pflaumenbaum. Epochen
werden verschoben, bis die Erinnerung unruhig
wird, bis man hört, quer durch den Schlaf,
das Rollen der Transporte. Möhren,
Tabak, Sonnenblumen, die zeitfreien Wörter
in einem Notizbuch, das vielleicht einmal
weitervermacht wird; noch sind die Gärten
nicht leer. Die Reihenfolge ist wieder ganz
anders; anfangen kann man mitten
im Sommer, unter Lautsprechern zwischen Bäumen

Volker Braun

O Chicago! O Widerspruch!

Brecht, ist Ihnen die Zigarre ausgegangen?
Bei den Erdbeben, die wir hervorriefen
In den auf Sand gebauten Staaten.
Der Sozialismus geht, und Johnny Walker kommt.
Ich kann ihn nicht an den Gedanken festhalten
Die ohnehin ausfallen. Die warmen Straßen
Des Oktober sind die kalten Wege
Der Wirtschaft, Horatio. Ich schiebe den Gum in die Backe
Es ist gekommen, das nicht Nennenswerte.

Uwe Kolbe

Berlin

In Zwiestadt ausgeworfen,
gespannt zwischen Sperrmüll
und Kinderstrich, die glimmende Asche
zum Zeichen der Einheit,
die Asche der Augen: Zeichen,
gleich gelten sie nichts,
mit Blick auf, was Potsdamer Platz
und Reichstagsufer war, ist,
war ist war ist war ist.

Wir laufen auf, Bruder,
in diesem Backofen, auf diesen
gebotenen Grund, zahnlos
durchfressener Griesberg hier
wie dort. – Kehrt Marsch! Wo ist wo?

Ich denk mir Apfelsinen
aus des Großen Friedrichs Garten
und fühl, wie sie den Darm aufreißen:
Wo haben *die* uns hingebracht,
wie lehren *die* uns singen,
gerad die wir so verachten. Welcome
to Disneyland Country – Wir
begrüßen und beglückwünschen Sie
zum Sonnenaufgang nach DV 1/2/3.

Du schlägst dir selbst ins Gesicht
in Rom, in Westberlin, und ich
find Futter im staatlichen Rollgras.
Gib Feuer, Freund,
wir zünden die Eine gemeinsam an.

bei Gelegenheit für FWM

Uwe Kolbe

Ich bin erzogen im Namen einer Weltanschauung

Mit verklebten Augen blieb ich ein Gläubiger,
ich kannte keine andere Philosophie denn die herr-
schende, ich dachte nie, daß es so viele herr-
schende Philosophien gibt, verstand diesen Krieg nicht.
Jetzt seh ich die Zahl der Köpfe:
                                        : verstehe,
daß Krieg unvermeidlich, spiele ebenfalls
Papiertiger, Sandlöwe, Tropfenpanzer, lächle
mündungsschwarz und bluthundsüß. Ich grüße
den Weltfriedenskongreß, irgendeinen, meine Eltern,
den Wimpel mit Lenins Bildnis auf der Venus,
den Staub, aus dem mein Kosmos geformt sei.
Ich sehe keine Chance, den Kopf zu retten
aus dem Krieg um den Frieden, dem Krieg
zwischen Mann und Frau, aus dem der Darmwand
und des Bluts mit Speiseresten, aus dem osmotischen
Weltkrieg, dem weltpolitischen Knopfdruckkrieg.
Vom Schachbrett weg, aus den Zwickmühlen zieht
mich nur der mit der Sense, einer der Freunde,
auf die Verlaß ist, einer der größten Spieler,
der gefürchteten Banksprenger, einer der Gewinner.

Brigitte Oleschinski

Mental Heat Control

Eine hochsensible Sonde wird im Gedächtnis befestigt
und spannungsfrei an den Nackenwirbeln entlang
bis zum Herzen, zum Zwerchfell, zur Vagina geführt.
Verankerung prüfen: Speicher blinkt.
Damit ist die Starttemperatur erreicht. Legt Strom

auf die Leitung. Ein Geruch von Regen weht auf, von nassem Pflaster
und alten Bäumen, in den ein Saxophon sich einschwingt
und schwingt und schwingt, bis alle Pfützen
die Augen erheben –

Der Speicher blinkt.
Dreht stärker auf! Das weich
und erwärmt erscheinende Abendlicht täuscht:
Über dem flachen Schärenrücken steht die Kälte
goldgefärbt und reizt in den Zellen
wieder die Mittelmeerlust, sich nackt auf die Felsen zu werfen,
an ihnen den Leib zu scheuern, zu reiben, die steinernen Risse
zu ertasten mit durstigen Händen, an quarzenen
Adern zu lecken und über die spröden, klüftigen Flächen
sich auszuspannen unter der bloßen Luft, gedehnt
bis an die Grenzen des Fleisches –

Die Sonde erwacht: ein winziger, glühender Sensor mitten
im Gehirn. Dies war das Stichwort, diese Lust
ist auszubrennen. Keine neue Begründung.
Anweisung löschen. Narbe löschen.
Speicher wird ruhiggestellt.

Ist die Sonde entfernt?
Sonde entfernt. Kontrolle positiv.

Oskar Pastior

weiß das lauwant noch
wem die rübe schmeckt
hat entrissenheit
sich im stau verlaufen

soll der tag den hund
pelzen vor dem märz

kannst du allenfalls
sägen hinterm mond
einem dieser drei
strecken wir den zeh
ausgelenkt vom kegel

strecken wir den zeh
einem dieser drei
sägen hinterm mond
kannst du allenfalls

pelzen vor dem märz
soll der tag den hund
sich im stau verlaufen

hat entrissenheit
wem die rübe schmeckt
weiß das lauwant noch

DIRK VON PETERSDORFF

Vom Ende

Spekulatius auf der Fifth Avenue,
das Ende – oh, drahtlos – *das Ende*
schreitet zügig voran, durch
Boulevards und Bibliotheken (immer

auf der Suche nach den verlorenen
Ursachen, Großvater), das Ende
ist machtlos, flottiert bisweilen, es
ist das Wahre, was das Falsche

in sich trägt (so in Jena und Bonn),
ist erstbester! Schein, das Ende
hat keine Zukunft: Siehe, es plündert,
ES IST ABER KEIN DING,

trägt französischen Duft, (das Ende
gibt Ihnen jetzt einige Informationen),
bedient sich, verfettet: *trifft*
nie die Verführung mehr,

das Ende findet kein Echo,
einmal stieg es in Rumänien auf
einen Berg, ›aja die Täler‹, das
Ende ist das Ende der Dialektik,

das Ende ist an der Reihe,
ist farbig gehalten,
gibt jedem das, was ihm fehlt,
das Ende kommt gut.

HANS-ULRICH TREICHEL

Mythos Berlin 1987

Ein paar Ruinen noch – der Rest ist nur Reklame
Verkabelt und vernetzt und sonnenklar
Ein Werbefotograf brüllt: Großaufnahme
Prometheus rührt die Fernsehsuppe gar

Anhalter Bahnhof: Dreizehn tote Gleise
Aus Styropor. Der Stoff der uns zusammenhält
Gedenken wir des Hangs zur Gruppenreise
Nach deutscher Art: Und morgen die ganze Welt

Die Mauer steht noch ein paar hundert Jahre
Sisyphos wirft die Zeitmaschine an
In Kreuzberg färbt Odysseus sich die Haare

Im leeren Hinterhaus betrinkt sich Pan
Steckt seinen Paß in Brand und geht dann flöten
Was hier zerbricht das kann auch Zeus nicht löten

1991

Horst Bienek

Der langsame Abschied

Wolken hängen tief
gleich wird es regnen
Nimm eine Hand voll Kies
wie schwer das wiegt
vor der Trauer

Im Radio höre ich eine fremde Stimme
aber der Text diese Wörter
diese Sätze aus Erfahrungen und Büchern
aus Gesprächen vertraut
sie können nur von Dir sein
Ich habe mich nicht getäuscht
In der Absage nennen sie Deinen Namen

Ich habe angerufen Ich weiß
daß Du zu Haus bist Aber
Du gehst nicht ans Telefon
Du siehst vor Deinem Fenster
die Kastanien sich rot färben.
Bald kommt der Winter.

Zeit des Abschieds
Jeder Tag ein Stück mehr
Manchmal wünschst Du Dir
der Winter möge immer dauern
Länger als Dein Leben

für Wolfgang Koeppen

Volker Braun

Der 9. November

Das Brackwasser stachellippig, aufgeschnittene Drähte
Lautlos, wie im Traum, driften die Tellerminen
Zurück in den Geschirrschrank. Ein surrealer Moment:
Mit spitzem Fuß auf dem Weltriß, und kein Schuß fällt.
Die gehetzte Vernunft, unendlich müde, greift
Nach dem erstbesten Irrtum ... der Dreckverband platzt.
Leuchtschriften wandern okkupantenhaft bis Mitte. BERLIN
NUN FREUE DICH, zu früh. Wehe, harter Nordost.

Hans Magnus Enzensberger

Aufbruchsstimmung

Hoch über den Vororten
tragen rosig bestrahlte Gase
ihren stillen Kampf aus.
Unter raschen Wolkenfetzen
bröselt, champagnergebadet,
Beton. Am Potsdamer Platz
Wermutflaschen, die Penner
grübeln über »den Doppelsinn
von Sein und Seinsverständnis«.
Einwände halten sich hier
in Grenzen. Pilgerscharen
in der Fußgängerzone
auf der Suche nach Identität
und Südfrüchten. Zuzügler
lassen valiumfarbene Scheine
auf der Zunge zergehn.
Auch links in der Beletage
finden Aufbrüche statt:
Gewissenhaft arbeiten Partner

an der Hinrichtung einer Ehe.
Haftschalen, tränenüberströmt,
im luxuriösen Smog. Blindgänger
fallen sich in die Arme.
Das Politbüro: ausgestorben.
Nur im Keller der Dichter
dichtet bei fünfzehn Watt
nach wie vor vor sich hin,
»um der Menschwerdung
aufzuhelfen«. Gerührt
schweift das nasse Aug
über die frischen Sichtblenden.

DURS GRÜNBEIN

O Heimat, zynischer Euphon

Soviele Flickerbilder in den Künstlerhirnen,
Gewalt, durch Spiegelscherben exorziert, –
Uns nackte Welpen, Erben hoher Stirnen,
Hat man schon früh mit Nervennelken tätowiert.

Der kranken Väter Brut sind wir, der Mauern
Sturzgeburt. ›Tief, tief im Deutsch ...‹, ertränkt.
Enkel von Städtebauern, Fleischbeschauern:
Jedem die fremde Wirklichkeit. (›Geschenkt.‹)

›Noch Bombensplitter?!‹ Gut für Stachelgaumen,
In violetten Babyschädeln installiert.
Sag, welche Schwester drückte ihren Daumen
Ins zarte Fontanell uns ungerührt?

Geröntgt, geimpft, dem deutschen Doppel-Klon,
Gebrochnen Auges, das nach Weitblick giert,
böse verfallen sind wir, pränatal dressiert.
›Deutschland?‹ ... O Heimat, zynischer Euphon.

Für Thomas Kling

Kerstin Hensel

Fieberkurve

Sie haben die Treppe mit Leim bestrichen
Den Fluchtweg, den Hinterausgang.
Heut kommen wir
Nicht davon. Heut fragen sie, wie wir uns
Fühlen, legen ihre laue Hand auf
Unsere laue Stirn: schuldig
Vielleicht? Fühlt ihr euch
Irgendwie schuldig nach uns? Nicht
Daß wir wüßten, entgegnen wir schläfrig wie vor kommendem
Fieber oder einfach nahe dem
Gesunden Schlaf der Gerechten.
Putteln in Aschen! Märchen! Ach
Fragt nicht, unsere Geburt liegt
In den Fuffzigersechzigern prinzenhaft heil.

Axillar, rectal gemessen: normal; oral mit mümmelnder
Zunge ums Thermometer: Ruckediguh! Alles klingt
Heut noch wie es am Ende immer
Sich reimt. So wird ein Schuh draus.

Dann waren die Fragen ausgeblieben.
Dann war der Rundgang beendet.
Schluß der Visite. Exitus.
Verwindung ohne Entzündung.
(Man muß auch verlieren können, sagte der Prinz)

Da schütteten sie ein schuldloses Laken über uns aus.

Bis in unserem weißen Himmel eine weiße Taube aufsteigt und
Herabfällt und steigt und uns anfällt und brüllt:
RUCKEDIGUH!
Bis die Kurve ansteigt und fällt und ansteigt
Bis uns, rettend –
BLUT IST IM SCHUH.

Thomas Kling

niedliche achterbahn

gehörn der heizkörper; sechzehn-
endiges geheiz: die angeschnallte
wohnun', bis zum anschlag aufge-
dreht, vollends niedergehaltn: jaa-ree-
lang; die wohnun' angeschnallt,
befestigte nicht zu hebende sessel, bilder
di sich aus den rahmen lehnen, kurz ver-
puffn, schon wieder zurückgezurrt; di
teppichbödn, malträtiertn bödn (zuge-
schüttet), di klebrign schränke (von um-
zügn di schmisse, hellere katschen): mein
klebriges denkn darin, verwohntes denkm;
niedergehaltener schlaf; auf der matraze
ränder und ausgeuferte bilder HOCHWASSER/
HEREINSCHWAPPENDES MÄRZWASSER/
FLOSS ONE
UFER auf dem matrazenfloß mein schlaf ma-
traznschlaf auf eingeübtn schmerzplakatn;
informationen, bildränder werdn nachz
vorbeigestakt, di obn festgeschnalltn bü
cher di artign artikel; heizkörper, röhren:
niedliche achterbahn

Barbara Köhler

Rondeau Allemagne

Ich harre aus im Land und geh, ihm fremd,
Mit einer Liebe, die mich über Grenzen treibt,
Zwischen den Himmeln. Sehe jeder, wo er bleibt;
Ich harre aus im Land und geh ihm fremd.

Mit einer Liebe, die mich über Grenzen treibt,
Will ich die Übereinkünfte verletzen
Und lachen, reiß ich mir das Herz in Fetzen
Mit jener Liebe, die mich über Grenzen treibt.

Zwischen den Himmeln sehe jeder, wo er bleibt:
Ein blutig Lappen wird gehißt, das Luftschiff fällt.
Kein Land in Sicht; vielleicht ein Seil, das hält
Zwischen den Himmeln. Sehe jeder, wo er bleibt.

Reiner Kunze

Die Mauer
Zum 3. oktober 1990

Als wir sie schleiften, ahnten wir nicht,
wie hoch sie ist
in uns

Wir hatten uns gewöhnt
an ihren horizont

Und an die windstille

In ihrem schatten warfen
alle keinen schatten

Nun stehen wir entblößt
jeder entschuldigung

Bert Papenfuss-Gorek

die lichtscheuen scheiche versunkener reiche

wilhelm, walter, erich, egon
& wie sie nicht noch alle hießen
die abgehalfterten ellerkongen
beispielloser sozialer großexperimente
blockwarte, oberaufseher & generalsekretäre
die über uns wachten in unserer ohnmacht
getrübt von abschottungsmaßnahmen
im vorfelde ökonomischer zerklüftung
erfreute sich viel volks der lebenslust
& insonderer sinnenfreude, inneren querelen
sowohl als auch der grausamkeit verschiedener
nunmehr versiegter übergeschnappter
ist es, wenn man so will, zu danken
daß ihr übertriebener gesellschaftsentwurf
versangundklangloste; despotenpech
jetzt herrschen sie, wie ich wiederholt
von vorläufern & wiedergängern gehört
im abgrunde unter den hohnlochländern
& ihre alter egos, diese scheuchen
verantwortung-rücksicht-partnerschaft-
freiheit-wohlstand-sicherheit-gemäß
unverdrossen stockenbalkenbiegungsmäßig
über ihre ehemaligen wirtschaftsgebiete
im subkultmund: untertanentraufen
die noch schnell aufblühen, bevor sie
unentschieden flattern die fittiche
der unentschlossenheit, verglühen
: menschenschicksal, ihr unternietzschen

Rainer Schedlinski

es beginnt fast immer mit einem gedicht
das die worte langsam dehnt, damit
sich die volumen zwischen den menschen vergrößern
in denen wir wohnen, in der mitte des abends
drehen wir plötzlich das leere glas um
und sehen ohne gesehen zu werden
während wir die nachkommen zählen
haben wir unsre ahnen geheiligt
wir haben den tod mit bildern durchlöchert, um uns
dahinter wiederzusehen, wir haben die unlust uns
vom mund abgespart und nun sind wir beinahe
verhungert
an den namen der tiere, die durch unsre wahrheit
fabeln, *ich brauche dich,* aber
es sind die selben worte mit denen wir lügen

1992

Hans Arnfrid Astel

Ausverkauf

Durch das
jungfräuliche
Loch in der Mauer
reicht mir der
blutjunge Grenzer
sein Koppelschloß
zum Verkauf hin,
Hammer & Zirkel,
gegen Devisen.

Günter Grass

Treuhand

In diesem Sommer ohne Erbarmen,
Sommer, der zuschlägt, fallen sie von den Wänden,
der Decke, vom Fensterglas fallen sie,
liegen rücklings und flügelstarr,
bedeuten alles und nichts.

Treuhand sammelt die toten Fliegen ein.
Im zweiten Jahr der Einheit
liegt die Ausbeute anschaulich,
damit beim Zählen
kein Beinchen vergessen wird.

Hier warnt das Radio vor hohen Werten,
woanders ist Krieg,
anderswo werden Rekorde gebrochen.
Gleichmäßig und gerecht sät übers Land
Treuhand die toten Fliegen.

Bruno Hillebrand

Du sagtest Ja –

Erinnerung du
von Bäumen umstellt
Tage der Kindheit
Hasenspuren im Schnee
du stehst
und unter dir
dreht sich die Erde
in einen fernen Horizont
oder der Sommer
oder der Herbststurm

alles drängte voran
vom Frühling zu schweigen
Tage der Kindheit
vornübergeneigt
das Kommende

die Libelle
über dem Schilf
flog als Erinnertes
dir voraus

Ernst Jandl

zu nutz und frommen

jo brauch ma dn de germanistn?
jo de brauch ma, du suamm.
waun de ned umgromm und umgromm und umgromm
duan
daun is füü, wos ma gschriamm hom, fiar olle zeit
gschduamm

Sarah Kirsch

Freie Verse

Gestern Nacht erwachte ich wußte
Daß ich mich nun von diesen Versen
Verabschieden sollte. So geht es immer
Nach einigen Jahren. Sie müssen hinaus
In die Welt. Es ist nicht möglich sie
Ewig! hier unter dem Dach zu behalten.

Arme Dinger. Sie müssen hin in die Stadt.
Wenige werden später zurückkommen dürfen.
Jedoch die meisten treiben sich draußen herum.
Wer weiß was aus ihnen noch wird. Eh sie
Zur Ruhe gelangen.

Karin Kiwus

Weise Methode

Einmal in Peking sind die Spatzen
eingefallen in so großen Scharen,
dunkel ist es geworden, kühl und welk.

Da hat man einfach den Himmel
abgesperrt und Schulkinder
in die Straßen geschickt
mit Rasseln, Blechdeckeln
und langen federnden Ruten,
um sie aufzustören, schwirren
und flattern und flattern und
niemals zur Ruhe kommen zu lassen.

Drei Tage lang haben sie
sie gejagt, bis über Nacht
alle verendet am Boden lagen.

Dann ist die Stadt, lautlos
fast, nur noch ausgekehrt worden.

Wie ohne schweres Geschütz
man Lebewesen bewegen kann,
gerade auch anderswo.

Karl Krolow

Von einem Land und vom andern

Man glaubt's nicht, besieht seine Hände,
im Spiegel sein Gesicht:
Deutschland am anderen Ende
und hier – denn man glaubt es nicht –
ÜBER ALLES, hieß es. Man fände
den Reim heute ohne Gewicht.
Es reimt sich doch alles nicht!

Von einem Land und vom andern
weiß man zu wenig, zu viel.
Mit bloßem Wissen und Wandern
verfehlt ein jeder das Ziel.
Und wenn er es schließlich fände: –
Deutschland am anderen Ende
hat anderes Gewicht.
Über alles ringt man die Hände
bloß. Reimen sollte man nicht:
es sei denn, man verschwände
in einem andern Gedicht,
das ruhig von beiden spricht –
vom anderen und dem einen
und fürchtete sich vor keinem.

Werner Lutz

Ich höre Rumi
den persischen Dichter sagen
es ist ein Jammer
das Meer zu erreichen
und dann
mit einem Krug voll Wasser
zufrieden zu sein

Peter Maiwald

Kanaan

Es war nichts wie gesagt nichts wie getan.
Es war die Hölle nah und fern ein Himmel.
Es war kein Pegasus: Ein weißer Schimmel.
Es ging nichts auf. Was aufging, fing nicht an.

Es war der Lahme unter Blinden blind.
Es war kein Morgenrot: Ein Fegefeuer.
Es war die arme Armut noch zu teuer.
Es ging die Zukunft schwanger ohne Kind.

Es war der Knecht nur des Knechtkönigs Knecht.
Es war kein Fluß wo Milch und Honig fließen.
Es war kein neues Glück in Blei zu gießen.
Es ging im Guten nur das Schlechte schlecht.

Wir, abgebrannt von den gelobten Ländern
und abgebrüht und können uns nicht ändern.

Friederike Mayröcker

Junifragment/für Inger Christensen

ich sitze in meinem Kaminsessel während
draußen das weißblaue Schwalbenozon
im Fensterausschnitt und sanft wirbelnder
Junihauch
oder du hast ein verwehtes Blatt im Haar
eine verwehte Blüte und die verwehten Wiesen/Wangen
im weißblauen Schwalbenozon undsoweiter
und wie die angefaulten Stücke Obst
in der Schüssel einander berühren indem
sie einander anstecken
und wie der Himmel ausstößt

die blaue Rakete der tobenden Schwalbenschreie
wie eine Mona Lisa der Straße mit Bärtchen
und knappen Jeans und der Sonne ausweichend
mehlbestäubt
vor mir tänzelt während der ockerfarbene
Feldstein im Parkrasen aufblitzt
der Hund im Vehikel oder den braunen zottigen Hund
wie einen Pelzumhang um den Nacken geschlungen
oder die geflügelten Ameisen auf dem teigigen Asphalt
ein sich verwischender gänzlich verwischter Vogel
oder ist es ein altes hüpfendes Lindenblatt? –
oder die hinfällige Marienkäferschar
auf dem Gehsteig kriechend zerfranste Flügel
das mit verbundenen Augen im Souterrain eines Hauses
liegende Schreibzimmer in das ich vorüberhuschend
hinabblicke oder
das Lamento eines Haarknotens
welcher bedrohlich hochragt unter
geblümtem Kopftuch

Heiner Müller

Herz der Finsternis nach Joseph Conrad

Für Gregor Gysi
Schaurige Welt kapitalistische Welt
(Gottfried Benn in einem Radiogespräch
mit Johannes R. Becher 1930)

In der Valuta-Bar des Hotels METROPOL
Berlin Hauptstadt der DDR bemüht sich
Eine polnische Hure Gastarbeiterin
Um einen Greis mit Schnupfen
Zwischen den Kapiteln seines Vortrags
Über die Freiheit in den USA

Rotzt er ins Taschentuch und schreit nach dem Abfalleimer
Noch im Griff des Mitleids mit ihrem schweren Beruf
Höre ich zwei Geschäftsreisende
Bayern dem Geräusch nach
Asien verteilen: ALSO MALAYSIA TÄT MIR GFALLN
THAILAND AUCH KOREA GHÖRT DAZU
ALSO DAS KREUZSCHIENENSYSTEM FÜR DEN JEMEN
TÄT ICH NOCH PLANEN DANN
HAT SICH DIE SACHE
CHINA GHÖRT AUCH DAZU
CHINA IST ALS EINZIGES PROJEKT VERKAUFT WORDN
In der S-Bahn ZOOLOGISCHER GARTEN FRIEDRICHSTRASSE
Habe ich zwei DDR-Bürger kennengelernt
Einer erzählt Mein Sohn drei Wochen alt
Wurde geboren mit einem Schild vor der Brust
ICH WAR AM NEUNTEN NOVEMBER IM WESTEN
Meine Tochter gleichaltrig Ich habe Zwillinge
Trägt die Aufschrift ICH AUCH
THE HORROR THE HORROR THE HORROR

ROBERT SCHINDEL

Vineta 2

In Wien kenn ich dir jeden Stein
Paul Stein am liebsten, jeden Stern
Am lachendsten den Willy, jeden Hochroizpointner Karli
Den Präsidenten aber auch den Ratzer Charlie

In Wien kenn ich die meisten der Kastanienbäume
Und jeden Mokka, ob beim Kalb oder im Prückel
Den Rotwein sowieso, den Heurigen der Brünnerstraße
Den Stephansdom um halb vier morgens fest im
Augenmaße

Kenn dir den Wiener, ob vermummt als Trafikant
Oder herausgesagt vor allen Ohren als Sekkierer
Die Frauen kenn ich dir, ob aus Hernals
Oder verhuscht im Wiental allenfalls

Was ich nicht kenn in Wien, was kenn ich denn?
Den Radius der liederlichen Einöd Stufensteigen?

Vom Hörensagen kenne ich den echten Judenscherz
Und mit der Zahnbürste spür ich des echten Wiener Herz

In Wien kenn ich dir jeden Stein und jeden Stern
Lebe in dieser Stadt so mittelgern

Christa Wolf

Prinzip Hoffnung

Genagelt
ans Kreuz Vergangenheit.

Jede Bewegung
treibt
die Nägel
ins Fleisch.

1993

Elfriede Gerstl

wie es bei uns so ist

dieses land ist
ein luckertes hemd
eine zertepschte violine
eine verhatschte sohle
eine zerlemperte harpfen
die bewohner erwachen
wenn aufgespielt wird
gratisachteln herumstehen
wenn einer birnt wird
ein gedicht
das sind gelungene palatschinken
literatur
muß für sie essbar sein

Kerstin Hensel

Vita

Wem dient ich? dient ich nicht
Dem eignen Schwein.
Wem sagt ich (halbwegs züngelnd) was
Allein zu sagen mir den Kopf bedrohlich knicken
Ließ? und alles bog man
Ab zum Nicken!
Nach Maulschelln heischt ich, da mich
Dieses rühmte, doch bläht sich mir das
Haupt vom Streicheln.

Das Speicheln hinter mir, vor mir das Schmeicheln.
Ich bin zerschlagen, vor ich schlage: was
Mich trifft.
Seh ich mich an und weiß: ich fresse Gift –
Es schluckt das Ekle mich, weil ich
Es bin. So häng ich
An dem alten
Simplen Sehnen: sein was
Nicht anficht – und erwach:
Zu viele Höfe waren für mich lohnend
Der ich, im Hinterhofe wohnend,
Doch nur das Saure, nicht die Sau rausließ.
Ist was vorbei? Bin ich
Der Mächtgen Konterfei
Des Machtlosen nun frei?

RICHARD WAGNER

Früher

Früher, als ich noch
auf nackten Füßen
durch das Gras lief.
Früher, als das
Schreien der Gänse
vor dem Gewitter
noch nicht eine flüchtige
Erinnerung war.
Früher, als ich noch
die Sehnsucht hatte,
mich von mir zu entfernen.
Früher, als die
Dinge noch zugänglich waren,
für das Auge,
für die Hand.

Früher, als das Nichts
noch Namen hatte
und ich einen Dialekt sprach.
Früher kannte ich noch die Angst
jemanden zu verlieren.

1994

Sascha Anderson

Tractatus Resultus

der tag löst auf, was nachts, vom auge aus, noch
unbenannt, doch allerdings damit beladen, wie
es jenen gegenstand, aus welchem grund auch immer,
    aufgetaucht raub
katzengleich, besessen davon, es zu tun, in einem satz der
ohnmacht, überspringt. die frage, ob es ohne den begriff
    (man wird es
drehn und wenden. wie du willst) anhand der stimme
    ebenso
gelingt, und außerdem ist es inzwischen
abend, bleibt; der tag geht weiter mit dem pyramidenwald
    nur um zu enden

Rolf Haufs

gez. R. H.

Keine Resolution mehr. Meine Unterschrift
Ist nicht mehr zu haben

Gegen Wasserverschmutzung hilft mein Name nicht
Auch nicht gegen die Pest sagen wir in Persien
Aus dem Gefängnis habe ich niemanden geholt
Den Meilerbau stoppte die Ökonomie

Aber für mehr Bequemlichkeit in den Zügen
Für rechtschaffene Handwerksarbeit
Für eine regelgerechte Telefonrechnung
Auch für das Glück meiner Neffen 2. Grades

Wär ich vielleicht noch zu haben.

Felix Philipp Ingold

Jandlear

Fort da Fortuna. Nun tun
was Getanes. Also
laut mal Schluß gedacht.
Buch zu. Das
Leben ausgelernt und
aber Lear is going mad in wessen
Rolle glänzt er.
Und umgekehrt den König
wundert's auch
das Gelb des Hunds. Du Narr
wirst gleich den Tod
gefeuert haben. Endlich werden
was du bist. Ein
Zwilling mit dem Namen Macht

und Nichts. Am besten
weiß er's immer jetzt. Zu
wieviel Prozent aus Wörtern
Bestien bestehn. Doch
für wen.

Peter Horst Neumann

Allegorische Spinne

Es hängt ihr Netz
am ungeschützten Ort.

Wer sich verfängt, verwest
am leichten Faden.

Wer sich befreit, zerstört
den schönen Text.

Kein andrer
hat ihn je verstanden.

1995

Ulrike Draesner

Monolog

Prolog das Datensystem, wo wir
uns messen, wo wir uns hassen,
monopol und monoman jeder am
Schirm, jeder für sich, so infam
die neue Sprachzungenverkettung,
ein Kußersatz, am da-da-tanetz gefangen,

ständiger Prolog, reicht für jedes
Infans als Liebesschreiben in Kürzeln:
nur noch Gesichtslamellen, elektronisch
versandt, wie nenn' ich dich?,
egal, wie fass' ich ein Emoticon?,
schon geschehen, Monogamie ein
Paßwort, jeder stammelt Fortvermehrung,
kurzer Aufguß, kleiner Input,
im System so polygam, so instantan
ist einlogiert, austariert,
und immer am Reden,
und jeder für sich.

Ulrike Draesner

wuchernd am schädel

unangebrachte zeiten. mir
wegtreibende, vom körper, späne:
l'enfer, die kettenhemdsprache eines
eisernen verknotetseins, an deinen,
in meinem bett, mund denkend

durch die nacht
dieses sich vergrößernde,
sich hinziehende wegfächern
dünner speichelfäden, sehr feine
nervengespinste umschließen
langfasrige enden, wie ich noch
immer an dich denke, kriechend
nacht für nacht in vergebliche
wünsche, nervenwuchern zackt mir
die stirn zur unerhörten sprache
eines magnetischen irreseins,
schädelfressender rasselnder
sehnsucht nach dir.

Ulla Hahn

Befähigung

Ohne Pflicht ohne Auftrag ohne Recht
ohne Kompetenz in der Sache:
Wer will was von mir hören?

Früher einmal gab es Wesen die Musen hießen
Meisterinnen des Schmerzes und des Entzückens

Wer ihnen folgte drang weit
vor in sein Herz so viel Wildnis
drinnen war keine Welt mehr
Bewegung nur einen Ort zu schaffen
aus Selbst- und Mitlauten manchmal ein Wort

Heute ödet uns jeder beschriebene Weg
und jeder erklimmbare Gipfel.
Wer lehrt uns Wörter
gewichtiger als das was weiß bleibt
auf dem Papier. Und wer
bringt uns ein Schweigen bei
das die Welt nicht enger und leerer macht

Günter Kunert

Des toten Dichters gedenkend

Später
Gesandter von Zeiten,
die ich nicht erfuhr.
Sein Beglaubigungsschreiben füllt Bände.
Sein Land aber welkte indessen dahin
und verstarb ihm. Er hat seinen letzten Irrtum
gut vorbereitet: Die Unsterblichkeit

im Blechsarg in Berlinischer Erde.
Aber manchmal auferstehen
die Toten erneut
mit fremder Miene und falscher Stimme
wie zu Lebzeiten
wie jede Wiederkehr sich gewöhnlich vollzieht.

Gregor Laschen

Vor dem Judenfriedhof in Lodz, 1989

»draußen, am Rand der Stadt –«

– über ziemlich offenes und verwirrtes Abfall-
Gelände, schon früh unter der Hitze, im Staub, in dem
das Wärterhaus allein steht, unbewacht, an
dessen Tür in aller Frühe der große Schlüssel
zum Eisentor in den Steinwald
am Rand des Geländes ausgehändigt
wird nach kurzer Erklärung und
einem Zögern, das in erstauntes Schweigen.
umschlägt, Gleichgültigkeit zuletzt. Und
über dem Gelände, immer wieder
abtreibend über den Wald und die
Steine darunter, hinter dem Tor, der alte
Gezänke-Ton der Raben in der Luft, der
Gezänke-Ton wie blind und blind, in
allen Ecken Europas wieder
zu hören. Und die körpergroßen
Einrisse links und rechts
vom verschlossenen Tor in der Mauer
um den Wald. Vom Wärterhaus hinten
die Stimme, die den Hund zurecht-
weist. Aber immer, von Name
zu Name geht

ein Ton unablässig
uns entgegen, vorweg und hinterher,
die genauere Erinnerung, kleine und
große Stücke vom Leben.
Das Wortkarge, das Würgen, das
beim Gehen, das ein Lesen ist, eine
Schrift, die sich erinnert, aufsteigt in Worte,
im Weg dahin, in tonlose
Wortschwärme, die stumpf und bitter
auseinanderstieben. Nur
das lautlose Reden der Steine
unter dem Gewicht ihrer Namen, geschlagenes
Alphabet, knochen-
weißes Buch für soviele Schatten, erzählt
dir, Europa, vom Licht und
seiner Zerschlagenheit. Immer zu früh, wie
immer zu spät.

Kurt Marti

ostervision

es freut sich der himmel
es freut sich die erde
es küssen sich
frau und gefährte
die bäume auch freu'n sich
die hasen die hühner der hund
es hüpfen die kinder
die eier sind bunt
es frohlocken apostel propheten
und selbst
über beton und städten
silbert und glänzt
ein luft-diadem

als schwebte hernieder
das neue jerusalem
um weich hier zu landen:
christ ist erstanden!

ALBERT OSTERMAIER

ratschlag für einen jungen dichter

als dichter musst du wissen wie
man leute killt köpfe zwischen
zeilen klemmt sie plätten satz für
satz das ist das blei das du hast
ein gutes gedicht braucht heut
zutage einfach einen mord damit
die quote stimmt sie nicht zum
pinkeln gehn wenn du um ihre
herzen wirbst musst du sie brechen

MATTHIAS POLITYCKI

Tankwart, das Lied vom Volltanken singend

Ist doch
ziemlich egal, ob du einer von denen bist –
einer der lausigen Lichthupenfürsten,
die (mit 'ner Beifahrerloge in Blond)
hier ihren Unterarm raushängen müssen …

Ist doch
wirklich egal, ob du einer von denen bist,

die (mit 'ner schönen Bescherung zur Rechten
und auch drei schreienden Schrazen im Fond)
vollauf beschäftigt sind, Chips ranzuschaffen …

Ist doch
völlig egal, ob du hier deine Mühle mal
volltanken läßt, denn schon morgen, da hab ich
wieder komplett den Tag frei und da steig ich, ihr
windigen Manta- und Mazda-Rummurkser, ihr
hochwürd'gen Audi- und Volvo-Schnarchsäcke, steig
in meinen Turbo-Metallic und dann: nix wie
weg! Mann, die Kurven gekratzt …

bis zu
dieser, oh ja: *dieser* Tankstelle, und wenn das
Fenster ich dann kaum 'nen Spalt runterkurble und
keinen Mucks leiser gar dreh die Musik und auch
keinen Deut rauf in die Stirn etwa schiebe die
Brille mit blickdichtem Sonnenglas und wenn ich
beiläufig dann nur so nicke und – na? Ist doch
absolut! schnurzpiepegal …

Ulrich Schacht

Die Bibliothek von Sarajevo

Das Geschoß von den Hügeln traf
zuerst ein paar Hände und Hirne
später Haar Brust oder Augen auch
Füße in Schuhen verschiedener
Größe. Das Geschoß von den Hügeln
ist ein wißbegieriger Anatom der
Bücher aufschlägt Wort für Wort
buchstabiert er uns Eisen Feuer
Geschrei erinnert laut an den
Schmelzpunkt von Glas Stein oder

Recht memoriert die Geschichte der
Asche in die sich manchmal das
Wasser mischt aus Wolken Gesichtern
und andren Gefäßen. Ein Gelehrter
ist das Geschoß von den Hügeln: Was
wir vergessen wollten, wie einen
dunklen Roman, das Alphabet unsrer
Scham bringt er uns wieder bei
feuerzüngig streng und unter dem
Blau eines wunderbar leuchtenden
Himmels in dem was emporsteigt Blei
schwer und Papier leicht zugleich

Hans Well

Kreuzzug

In Bayern is da Teifi los, as Urteil des is gsprocha,
der Antichrist in Karlsruhe, der hat de Sünd' vabrocha!
Unser boarisch's Abendland zerstört mit satanische Tricks,
aus allen bayrischen Schulen – verbannt das Kruzifix!

De gottverlassnen Richter, de san vom Teifi b'sessn,
Patrona Bavariae steh uns bei, an Herrgott hams vergessn!
Alle Kreuzungen wern abgschafft, as Rote Kreuz verboten,
de Gipfelkreuz' san umgsägt, von Ketzern und Chaoten!

De Wieskirch is am Erdbodn gleich, in Oberammergau is' gfeit,
bei de frommen Herrgottschnitzer: Massenarbeitslosigkeit!
Und weils d'Verfassung boykottiern, da hört si auf da Gspaß,
steht de bayrische Regierung unterm Radikalnerlaß!

Nach Kastelruth in Südtirol flücht' jetz d'Regierung ins Exil,
die Stille Hilfe Südtirol finanziert das Domizil!
Solidaritätsbekundungen kemman aus St. Pölten und Teheran,
da Beckstein bittet um Asyl, drunt in Kurdistan!

Die GSG-9 hat Wildbad Kreuth ganz fest in ihrer Hand,
doch in den bayrischen Biergärten, da wächst der Widerstand!
Und siehe da! Am Brunnthal-Kreuz versammelt sich ein Heer!
Da Stoiber ziahgt mitm Kreuz voran, und stündlich werden's mehr!

Opus Dei, gführt vom Ratzinger, dem Alpen-Ayatollah,
mit schweren Schneekanonen die Gebirgsschützen-Hisbollah,
da Gauweiler, da Haider, ois' marschiert in Trachtenjackn,
gar manches Kreuz des mittragn werd, des hat an kloana Hakn!

Da Stoiber führt den Kreuzzug in den heiligen Krieg,
in München beim Oktoberfest erkämpfen sie den Sieg!
Bayern is jetz wieder Gottesstaat, es herrscht der wahre Glaubn,
ein jeder BMW kriagt vorn a Kreuz auf d' Kühlerhaubn!

In da Schui gibts wieder Prügelstraf', wer an Rosenkranz net kennt
und in Schongau da hams letzte Woch a Waldorfhex verbrennt!
Die Kirchen im ganzen Bayernland san endlich wieder voi
und alle machan bei da Wahl 's Kreuz an da rechtn Stoi!

Wia s' an Herrgott im Himmi gfragt ham
wo er denn hänga wui,
sagt er: Um Gottes Willen,
in koana boarischn Schui!!!

1996

Kurt Drawert

... zum deutschen Liedgut

Ich bin ganz von selber gegangen,
und fühlte mich doch wie vertrieben.
Ich bin sehr entschieden gegangen,
und wäre doch gern auch geblieben.

Ich wußte, ich müsse jetzt gehen,
kein Weg war ein Heimweg mir mehr.
Und doch blieb ich einmal noch stehen,
und Schnee lag schon hoch um mich her.

Was hatte ich hier noch zu suchen,
was hielt mich am lichtlosen Ort.
Die Liebe ging fort unter Buchen,
ich wollte ihr gültiges Wort.

Ich habe es nicht mehr gefunden
und habe auch nichts in der Hand.
Im Nebel ist alles verschwunden.
Wir hatten kein brauchbares Land.

Hans Löffler

Nach dem Krieg

In einem Panzer leben
zwei Falter allein.
Wahnsinn ade.
Dieses Jahrhundert hatte
ich mir gewünscht.

Schöne Teestuben hängen
an den Federwolken.
Gott ist auch
nur ein Tier.

FRIEDERIKE MAYRÖCKER

ausgerasselte Sprache

ICH WERDE EINE PALME, NIZZA PALME /
ich werde eine Palme auf meinem Dachgarten pflanzen
die wird palmfingrig: mit schattigem Hauchen
mir etwas von dem vermitteln was ich vermittelt bekam
in meinen frühen Jahren in D., neben dem Ziehbrunnen.
In einer anderen Strophe, sage ich, läßt sich künden
daß alles basiert auf einer lichtgrünen Träne,
einem fast Entschweben ins Juniblau, einer
Verwandlung,
nämlich dem Vorgefühl einer strengen Auflösung
wie sie uns allen bevorsteht

DAGMAR NICK

Früher

Früher liebten wir uns
über dem Abgrund, wo anderntags
der Orientexpreß von der Brücke
sprengte; die Wüsten Arabiens
durchrasten wir ohne Kompaß und
kamen doch auf den erkoreren
Gipfel, betraten die Arche,

die keine Planken mehr hatte,
und kreuzten damit übers Meer;
bei der Ankunft im Hafen
der Albatrosse steckte der Frühling
uns an, und wir phosphoreszierten
mit den Hinterleibern der Leuchtkäfer
um die Wette; eine einzige
steingemeißelte Quetzalfeder
genügte uns, abzuheben
von dieser Welt. Früher
liebten wir uns.

Joachim Sartorius

Gräber

Von hier in den Norden sind die Wege
trocken. Gelbes Gras,
Durst in den Wurzeln. Im Herzen.
Alles ist einfach, aber falsch.

Wenn ich versuche, Geschichte zu denken,
die riesigen Wirbelknochen
des Sauriers hinter den Blutbuchen
in der Invalidenstraße,
Bismarck in Marmor,
und Benn, ein Klingelschild in der Bozener, leblos.

In den Tiefen der Bunker
des Potsdamer Platzes in Berlin
liegen die Hufeisen von Hitlers Lieblingspferd.
Profile der Macht: Harnisch und Helm.
In der Hosentasche zerknicken wir
die Standarten. Voll Genugtuung
hören wir die Fahnen splittern
im Dunkel des Stoffs.

Vergeßt nicht die gefälschten Würfel der Dichter.
Wenn die Eisernen wieder herrschen,
werden wir uns trösten müssen,
Steine schmücken mit kleinen Steinen,
mit Wasser das Herz.

Günter Ullmann

Elegie

die rose schreit
in der nacht

die krähen zerhacken
den traum

sie haben eure
gesichter

die rose weint
in der nacht

die krähen zersingen
den traum

ich tanze

1997

Marcel Beyer

Falsches Futter

Am Herrentisch die alternden Gespräche,
»und gab zur Antwort: Aßen nichts als
Sauerkraut und Bohnen.« Allerbester Scherz,
privatsprachlich, versteht sich. Die
Zittrigen, die Skagerrak, die »Norwegen,
am Oberdeck, den zwanzigsten April, bei
Schweinekälte, der Rest der Kompanie
flog heim ins Reich, Berlin, und weg.«
Und wie sie inhalieren, jeder Atemzug
ein Luftalarm. Jetzt sieht man einen
schönen Hund vorbeispazieren, hinkendes
Herrchen auf dem Weg zum Klo kommt
nach. Sorgsam den Harntrieb austarieren,
Schritt für Schritt, gefährliches Manöver. Dabei
Büffetkraft abtaxiert. Stammkundschaft, früher
Mütterschreck, galantestes Parlieren. Gewisse
Seufzer eingeübt, gewisse Blicke. Hartes Training.
Die Klotür quietscht. Der schöne Hund am Napf
jetzt, er frißt falsches Futter. Beißzahn, Beißgeruch.
Dann schlurft das Herrchen schon zurück, hier
Schlachtschiff, schwankend, auf dem Weg ins
Trockendock. Der schöne Hund beim Garderobenständer,
er schnüffelt dort, wo sich ein Mann den Staubmantel
am Vorabend benetzt hat aus Versehen. Das Herrchen
ruft. Der schöne Hund pariert. Denn falsches Futter
schmeckt beizeiten, sofern es artgerecht serviert.

Ursula Krechel

Eine Bleikugel am Fuß der Gegenwart

Jemand dreht die Mühle rückwärts, das Unzermahlene
kommt zum Vorschein. Wir senken den Blick.
Holzwolle wie im Innenleben eines Stofftiers
beschwert erleichtert durch die Welt geschleppt
damit alles seinen Gang nimmt, eine schlurfende Spur.
Jemand wird es wegmachen, muß es wegmachen.
Schleifspuren, Blickverdacht unterm Wimpernvorhang
langsames Tappen, Theoretisieren, Läufigkeit
eines kleinen Tiers mit samtigem Fell.
Herzverrückung, schwerblütige Entzückung
zu schwer, zu schwer, jemand muß es wegmachen
ein Weg ins Rückwärts, zwangsläufig verstört
vom Regen überrascht, wo nichts überraschend ist.
Holzwolle im Inneren einer Bleikugel, die.
Jemand wird. Jemand muß.
Das spezifische Gewicht ist niederschmetternd.
Praktische Hinweise auf die Verfügbarkeit von Sternen.

Helga M. Novak

Melancholie

Melancholie schöne Stellung
paß bloß auf daß dich keiner sieht
wie du in Szene sitzt am Ufer
eines flüsternden Gewässers dort
Melancholie Erinnerungslose
sieh zu daß du keinem ins Auge
fällst daß niemand dir in den Ohren
liegt deine geistlose Abwesenheit
stört und dich zunichte macht

Melancholie flüchtige Erlösung
selbstvergessen durch alles durch-
blickend am gekräuselten Seeufer
so dich einer sieht bist du dahin
der Widerhall in eines Menschen
Antlitz bricht dir die Flügel gleich
Melancholie gnädige Trösterin

Albert Ostermaier

das kleine einmaleins des dichtens

ich weiss nicht wie man zeichen
setzt noch was man gross was
klein zu schreiben hat wie man
von a bis c kommt weiss ich
nicht nach a kommt b sag ich
mir jedesmal selbst was auf herz
sich reimt ich hab's das schmerzt
vergessen nach zu schlagen &
ausserdem hätt ich die zeile über
sprungen ich kann es mit den grossen
worten nicht & ein gedicht ist doch
ein grosses wort & eins das ich
verloren hab dazu & wenn ich auch
bis drei du lachst noch nicht mal
zählen kann so bin ich doch 'ne
null mit der du rechnen musst

Lutz Rathenow

Kapitalismus mit Tübinger Antlitz

Wieder fünf Stunden in T., fleißig
in Nähe des Hölderlinturmes gehalten,
wieder nicht wahnsinnig geworden.
Obwohl: Stocherkahnrennen,
Aktionskunst, urdeutsch –
feucht und kräftezehrend,
dem Zweiten seinen Lebertran.
Wie ernst ist der Ernst.
Aber die Stadt, meine Mutter,
so würde sie den Westen lieben:
ein riesiges Tübingen. Die Jugend
trifft sich zu Mülltrennungsfesten.
Löffelt links gedrehten Joghurt
– oder doch rechts? Jedenfalls
vorschriftsmäßig. Alles beachten
und die Zukunft wird gut. Darauf
einen Schoppen! Der läutet ein
die Nacht. So einen kriegen Sie,
weiht ein mich der Geber, nirgendwo
anders. Wir trinken unsere Weine selbst.

Paul Wühr

Woher

es kommt daß aus der
deutschen Poesie

was den Staat betrifft
besonders viel

Zukunft gelesen werden
kann jede

Zigeunerin würde stolz
auf solche

Treffer sein nun wurden
Zigeuner aber

selber betroffen der
Massenmord

betraf nicht nur
die deutsche

Poesie aus der ich hier
die Zukunft gelesen

1998

Michael Krüger

Die Reise nach Jerusalem

Griechenlands steinerne Faust sah ich
im Mittelmeer liegen und ein Schiff,
das dem Wasser die Bläue abzog
in gekräuselten Streifen. Weiter östlich
türkische Gedichte, unaussprechlich,
von Wellen rhythmisch bewegt.
Ich sah, wie sich das Wasser trennte
vom Salz an der büßenden Küste.
Zwischen all den mürrischen Steinen
entstanden die Epen: die Erzählung
der Distel und des Brots,
von der Sonne gebacken.
Dort unten ging die Sprache an Land,

und jedes Ding erhielt einen Namen.
Ich konnte es deutlich sehen –
die Worte zitterten wie eine Schar Vögel
über dem öden Grund.
Wir mußten uns anschnallen, festgezurrt,
mit angehaltenem Atem
erreichten wir das gelobte Land.

Heinz Piontek

Gehört im Kaukasus

Wer die Wahrheit gesagt hat,
darf keine Zeit verlieren
und sich nicht
noch die Haare schneiden lassen.

Muß sich wieder
um trocknes Pulver kümmern,
unbedingt.

Muß sein Pferd
gesattelt lassen,
Tag und Nacht.

Heinz Piontek

Mit Schirmmütze

Unverhofft
fällt mir eine
alte Postkarte
in die Hände
von Günter Eich.

Hebräisch.

Warum heute?
Weil ich sie nur heute
entziffern kann.

Halte dich fest
an den Seilen der Gerber,
so schrieb er mir,

bis die Engel kommen
mit Schirmmütze und Schultertuch.

Nachher
soll es Zensuren geben.
Was sagst du dazu,
Amico?

Zeugnisse?
Ja.

Und meins
wie deins
in Rauch gedruckt.

Said

Für mich
riechen deine Hände nach Muskat
und Kindertagen.

Für mich
ist dein Mund ein sanftes Ufer,
nahgespült und unbewacht.

Für mich
hat sich das Blau deiner Augen
zurückgezogen zu meinen Schiffen.
Wir schlafen auf dem Flußbett.
Fische von damals kommen
und küssen uns die Zehen.

1998

Raoul Schrott

Michelangelo – *La Sistina*

als wäre mir der magen in den hals gerutscht
ist mir ein kropf gewachsen vor dieser plackerei
einen wie ihn die katzen kriegen in der lombardei
vom faulen wasser · hab wohl zu lang gelutscht
an diesen pinseln um die borsten anzuspitzen
damit die angerührten farben schneller oben sind
als der putz braucht um sie wieder auszuschwitzen
der bart gen himmel reibt sich der kopf den grind
am buckel wund die brust ist eher einer harpyie
als eines mannes würdig und wenn die farbenbrühe
vom karton heruntertropft amüsieren sich die putten
und pissen ungeniert auf meine eingeschlagene nase
um sich dann unter den heiligen und ihren kutten
zu verstecken und so zu tun als wär es meine blase
die ein wenig leckt · sie haben gar nicht unrecht
der schwanz sinkt mir in die wampe und schlecht
stehts auch um die verdauung · wie ich mich quäle –
bei jedem gang ists als sei mir das gedärm voll blei
wär ich nicht so verstopft mir würd bei der kletterei
hinunter in die apsis sicherlich auch noch die seele
zusammen mit dem ersten furz aus dem leibe fahren
von adam bis zu den anderen himmlischen titularen
ist es eine halbe ewigkeit wenn man nur auf brettern
liegt · ich nehme sie aber auch nur deswegen in kauf
weil ich die anderen fratzenmaler samt ihren vettern
vor die türe werfen kann – steigt einer zu mir hinauf
dann nur der papst · zu ghirlandaio habe ich gesagt
ich bräuchte seine perspektive nicht: wahre kunst
hat die proportion im auge und nicht bloß die gunst
und den geldbeutel irgendeines herren · doch genagt
hat der zweifel schon an mir · als endlich das gerüst
abgenommen wurde und die eine seite aufgedeckt
hätte ich die engel am liebsten auf den mund geküßt
doch die hatten inzwischen etwas anderes ausgeheckt

gott verdamme prostata ischias und mein zipperlein:
die äpfel im paradies hätten sollen einfach größer sein

rom, 1511

1999

Wolf Biermann

Um Deutschland ist mir gar nicht bang

Um Deutschland ist mir gar nicht bang
Die Einheit geht schon ihren Gang
unterm Milliardenregen
Wir werden schön verschieden naß
Weh tut die Freiheit und macht Spaß
ein Fluch ist sie, ein Segen

Heimweh nach früher hab ich keins
nach alten Kümmernissen
Deutschland Deutschland ist wieder eins
nur ich bin noch zerrissen

Um Deutschland ist mir gar nicht bang
Die deutsche Wunde ist noch lang
nicht ausgeheilt, es rinnen
Schmerzbäche, wo die Narbe klafft
Nur blutet jetzt der schwarze Saft
statt raus tief tief nach innen

Heimweh nach früher hab ich keins
nach alten Kümmernissen
Deutschland Deutschland ist wieder eins
nur ich bin noch zerrissen

Um Deutschland ist mir gar nicht bang
Und ich als Weltkind mittenmang

ob Wissen oder Glauben
Ob Freund ob Feind, ob Weib ob Mann
Die liebe Muttersprache kann
kein Vaterland mir rauben

Heimweh nach früher hab ich keins
nach alten Kümmernissen
Deutschland Deutschland ist wieder eins
nur ich bin noch zerrissen

PAULUS BÖHMER

An
Angel

Licht, Dunkelheit,
Inseln von Dunkelheit,
Inseln von Licht.
Angie schleuderte
ihr dickes schwarzes Haar nach hinten, belehrte
mich über die Grausamkeit, alles,
was wir aus Liebe tun, wird
für niemals Bestand haben,
mischte mir, damit ich nicht mehr begehre,
das Hirn der Katze mit Schnipseln
von Briefen, schleuderte mir
ihr dickes Haar, durch-
stieß mich.

In Europas Städten schrieen die Geistesgestörten.
Kleine Jäger schleppten ihre Beute ab.
Vom Mond fiel das Licht wie Puder
und bedeckte die Orte.
Weiß
wie das Rauschen der Sprache.
Wie das Summen der Sonnensysteme.

Schiele umspielt die Scham
mit Beinen, die man nicht liebt.
Mit liegenden, knieenden, rück-
wärtigen Positionen: Fremd
bleibt, was man liebt.
Teilchen vernichten einander im Blitz.

Nager wisperten
in den Krümmungen ihrer Gänge.
Das Schaben tektonischer Platten,
die zischende Auffächerung
der Säugetiere vor aller Zeit:
Ich hörte.
Ich schlief.
Korallen errichten Millionen
Kubikmeter Riff und verschwinden.
Die Spuren der Plünderungen verwischt.
Die Leichen seitwärts geschafft. So
tauchen die Sieger auf, als
Angie mich durchstieß.

Ich rede
von kleinen verlogenen Händen.
Vom Pochen der Pfortadern. Vom Oberst
mit den Gewehren. Aus der Ohm
wachsen Inseln. Gewitter wuchern.
Der flache Atem der Tierkörper. Die
erschreckenden Innenauskleidungen
der Frau. Als eine Frau
das Kinn eines Mannes berührt, um seinen Blick
aufzurichten, beginnt er zu weinen.
Zwischen den Zweigen
erscheint ein Gesicht und verschwindet
für alle Zeit.

Inseln von Dunkelheit.
Inseln von Licht.
Wie Brausepulver glitzerte Angie auf meiner Haut.
Es fiel ihr dickes Haar.
Es ist eine alte Geschichte.

Und meine Hände griffen
in einen Laut,
der schmeckt wie Erde,
griffen in Licht, das sich
anhört wie Blut.
Für alle Zeit.

Hilde Domin

Wahl

Ein Mandelbaum sein
eine kleine Wolke
in Kopfhöhe über dem Boden
ganz hell
einmal im Jahr

Einer im kleinen Stoßtrupp
des Frühlings
keinem zu Leid als sich selber
im Glauben an einen blauen Tag
vor Kälte verbrennen

Ein kleiner Mandelbaum sein
am Südhang der Pyrenäen
oder im Rheintal
der bleibt und wächst
wo er gepflanzt ist

Aber entlang gehen
bei diesem Mandelbaum
oder ihn plötzlich sehn
wenn der Zug
aus dem Tunnel kommt

Lachen und Weinen und die unmögliche
Wahl haben

und nichts ganz recht tun
und nichts ganz verkehrt
und vielleicht alles verlieren

Doch mit Ja und Nein und Für-immer-vorbei
nicht müde werden
sondern dem Wunder
leise
wie einem Vogel,
die Hand hinhalten

Hans Magnus Enzensberger

Das Einfache, das schwer zu erfinden ist

Nichts gegen den Mikroprozessor,
aber wie stünden wir da
ohne das Wasser?
Was ist schon eine Jupitersonde,
verglichen mit dem Gehirn einer Fliege?
Wie sie sich abmühen,
diese Labormäuse, mit dem Klonen!
Doch vorzüglicher ist es, zu vögeln.
Und der Löwenzahn erst,
wie der es macht: heitere,
unübertroffene Eleganz!
Nie im Leben,
liebe Nobelpreisträger,
gebt es nur zu,
hättet ihr sowas erfunden.

Wulf Kirsten

Kesseltreiben

überlichteter märztag im seidenglanz,
gleißweiße fläche unter der bergflanke,
von einem strahlenbündel getroffen,
das waldmassiv über der steilwand
mit wolkenbäumen bestückt, die sich
aufplustern, das dorf unten in hockstellung,
eine spottgeburt aus dreck und einsamkeit,
noch unter der tarnkappe langatmigen
winters, die überalterte welt, sich
selbst überlassen und der rotgeschieferten
stille, wenn wieder eine dachlawine
über die traufen gestürzt ist, reihenweise
gauben in die walmdächer gesetzt,
meterscheite und bretterstapel
geschlichtet, starre größen, die nichts
in abrede stellen, nachts jachern
sie wieder, die wildernden hunde
im froststarren forst, fahnenflüchtige
muschiks irren dem kesseltreiben
entgegen, bis sie umzingelt sind
von entsicherten schnellfeuergewehren.

Wulf Kirsten

Textur

grasläufer, längst aus der grube gestiegen
mitten ins braune heuschreckengeschwirr hinein,
wo die zitternde luft knistert, einmal saß
ich im brunnenschacht, hielt mich an steigeisen
fest, tief unten im erdschlund, die welt nur
noch ein überirdischer lichtpunkt, war je

die welt vollkommen? draußen, gleich hinterm
häuslerhaus im sommerglanz wälzte sich
die körnerschwere ährenflut, mergelbraune,
ackerbohnenbraune schollen, nichts für ungut,
bottich, berghinauf, du schwappst, an
ausgereckten armen den karst geschwungen,
die fülle des ausdrucks von erdriegeln bestimmt,
kraftgeballt die wucht, brocken, prasseldürr,
zu pulver gestoßen, feldrain sauber gerändert,
textur der flora, augenfällig kalkanzeiger,
gekelcht und gipfelständig, wespenpappe und
krautsträhnen mißliebig im grasfilz, gerüche
über gerüche von apfelbergen mit lauter wind-
schiefen schopfbäumen bestückt, endlos lange
leitern gelehnt und vierfach gestützt, immer
gegen den berg, balanceakte, mein gott, rief
der herbst, äpfel über äpfel, die sorten
nicht zu zählen, obstreiche gegend mit figuren,
kolorierte gesichter, knallig verfärbt, apfel-
schimmel, rotlaufwange, da saß ich erhoben
zu pferd, gestern flog ich davon, und ich
frag noch, nichts für ungut, bottich und
schleifstein, kumtstock und sensenwurf, war je
die welt vollkommen?

Julian Schutting

Unstatthaft

Mein Bruder kann nicht schlafen,
er hat keinen Kopf mehr!,
sagt ein Siebenjähriger nach dem Massaker

In einem algerischen Spital liegen Krankenbett
neben Krankenbett in drei Krankensälen
lauter Erstochene

Von einem Bombensplitter
wird in Irland ein Kind schwer verwundet,
nämlich im Mutterleib

Das hier? Reste des
Labetrunks, den sie eingeflößt
bekamen, um unter der Folter
nicht schwach, also
nicht ohnmächtig zu werden.

Aber würde von dergleichen mehr
das Bild des SS-Mannes ausgelöscht,
der, ritterlich zu ihm gebückt,
einem kleinen Mädchen
die hohen Stufen hinanhilft
zu dem Tor, durch welches es treten wird
mit den anderen in den Tod Getriebenen?

2000

Gerhard Falkner

In Grüningen. Nichts wie Schmerzen.

Barfuß trete ich vor die Deutsche Bank
und spreche vom gerippten Mann –
den gerippten Mann überrascht morgens
vor einem Beet voller Knochen
der klägliche Einklang
von Vergeblichkeit und Vogelgezwitscher
der gerippte Mann sieht
wie das Leben seine Borsten bewegt
er sieht, wie die Knochen Wurzeln schlagen
und *hochkochen*
wie die Vergeblichkeit auf ihrem Lieblingsfelsen

Platz nimmt und singt
er blickt in die Schale seiner hohlen Hand
auf die gesponnenen Fäden
und liest: Jan 97. In Grüningen.
Nichts wie Schmerzen.

Durs Grünbein

(Vom deutschen Wörterbuch)

Der Grimm, ein Speicher aller deutschen Worte, dreht dir kalt
Den Rücken zu. Vom Daumen speckig sind die meisten Bände.
Die Sprache lebt, saugt frisches Blut. Nur dieser Mund wird alt.
Und ringsum schließen sich die Bücherwände.

Ihr Brüder wißt ja, auch wenn manchmal eine Zeile fliegt,
Sie landet bald. Und nichts enthält das Grübchen unterm Kinn.
Mag sein, daß für Momente ein Hirn sich ans andre schmiegt –
Steckt in den Silben mehr als das *Ich bin, Ich bin?*

Heißt das nicht Betteln? Jemand bettelt sich zusammen, zieht
Bedeutung an, dreht seine Runden, wird im Lärm zum Sprecher.
Mit jeder Bitte dringt er tiefer in die Welt, das Kriegsgebiet,
Und kratzt sein Kleingeld aus zerdrücktem Becher.

Dorothea Grünzweig

Geschwistertreffen in Hyönölä

Das Haus greises Gebälk
in dem die Mutter schien und
sich zu Grabe schaffte
der Vater in der rauhen Liebe

aller Trunkverwirrten schlug
umarmte hilflos raste wenn
ein Säugling starb
die Habe schwand

holt sich die Brüder Schwestern
verwittert knorrig unter
sein Dach der Himmel scheu vor
Abend auch die Geschwister sprechen
nicht es schweigt der Mund hier
wenn er viel zu sagen hat
die Worte wichen immer schon
bevor sie eingefangen wurden
verpflanzten sich
sind Wald
bilden die Kraft die dicht
das Haus umbauscht und jeder Baum
ein hochgewachsenes Plaudern
Flüstern Schrein

Am Fenster die Geschwister
im Lauschwunsch waldgewandt
er kann was sie nicht sagen können
sagen doch traut im Treffen
plötzlich sie erfaßt von
jenem Lied im Haus hier früher
den Kindern mütterlich gesungen von
windzerstiebter süßer Zeit an
einem Ort östlich in Fernen

Die Münder trüb im Schweigen
hell sind sie lautrein
und Schulter sinkt an Schulter
es leben die verlassnen Stimmen auf
berühren sich der Wald
stimmt ein

Und jedes Haus der Kindheit hat
sein Urbild an einem Ort nicht
greifbar nur

beseelt zu sehen so beim
ihm entsprungnen Singen erscheint es
die Schattenschärfe sanft oder
ganz schattenlos im schwanken Schein

kann auch begriffen werden wörtlich
wie in karelischer Geschichte
in der ein Ersthaus stand
benannt nüchtern Ruine doch in
Wahrheit als seine Menschen flohen
vor Feinden die's nicht
greifen sollten weggezündet
freigebrannt

Es sanken Sterne durch das Himmelsdach
herein und nun vors Haus
getreten unterm Schirm aus Lichtern
Tönen der eine Weile fortschwebt
die Geschwister unverletzt
kindklein

Lutz Seiler

fin de siècle

ich ging im schnee mit den nervösen
nachkriegs peitschen lampen im genick
über die wiener mozart brücke dort
hockte noch an einem strick ein müder
        irish setter er

war tot und wartete auf mich das
heisst ich band den strick
vom sockel des geländers und begann
das tier ein wenig hin & her
zu schwenken *haut & knochenleichtes*

glocken läuten schnee gestöber
setzte ein ich sang

ein kleines lied über die donau hin
& z'rück, (ich war ein kind) der tote
setter kreiste jetzt an meinem
rechten arm über die schöne
balustrade er rotierte
leicht & gross in das nervöse
nachkriegs lampen licht ein riss
am hals vertiefte sich ein pfeifen

kam in gang und seine steifen
augen schalen klappten
müde auf & zu: du

hättest die mechanik dieses blicks geliebt
und wärst noch einsamer gewesen
über dem schnee, der brücke & dem alten lied

Editorische Notiz

Die Texte dieser Auswahl werden ohne normalisierende Eingriffe in die Orthographie und Interpunktion buchstabengetreu nach den Erstdrucken wiedergegeben; das Quellenverzeichnis nennt, alphabetisch nach Autoren geordnet, die zur Auffindung der Quelle erforderlichen bibliographischen Angaben, gegebenenfalls ergänzt durch darüber hinaus notwendige Hinweise.
In einigen wenigen Fällen mußte wegen ungünstiger Überlieferungslage vom Prinzip der Textwiedergabe nach dem Erstdruck abgewichen und eine spätere Ausgabe als Druckvorlage herangezogen werden; der Quellennachweis gibt darüber im einzelnen Auskunft; das Gedicht wird gleichwohl unter dem Jahr seines ersten Erscheinens eingeordnet.
Pseudonyme werden im Quellennachweis wie Verfassernamen verzeichnet und eingeordnet. Die bürgerlichen Namen der Autoren werden in Klammern beigefügt.
Gänzlich verzichtet wurde auf Wort- und Sacherklärungen sowie auf alle den Text erläuternden Hinweise, die in Wörterbüchern, Lexika und Handbüchern oder durch eingehende Berücksichtigung des medialen Kontextes, in dem ein Gedicht zunächst publiziert wurde, aufgefunden werden können.

Die Herausgeber möchten sich an dieser Stelle bei allen Autoren und Rechteinhabern für die freundliche Unterstützung und für die erteilten Abdruckgenehmigungen bedanken. Da jedoch trotz aller Bemühungen nicht alle Rechteinhaber ermittelt oder erreicht werden konnten, verpflichtet sich der Verlag, rechtmäßige Ansprüche jederzeit in angemessener Form abzugelten.

Alphabetisches Verzeichnis der Autoren mit Quellennachweis

AICHINGER, ILSE (*1921)

S. 20 – *Widmung:* I. A.,Wo ich wohne, Erzählungen, Gedichte, Dialoge, Frankfurt a. M. 1963, S. 131.

S. 83 – *Ohne Jahre:* I. A.,Verschenkter Rat, Gedichte, Frankfurt a. M. 1978, S. 51.

ANDERSCH, ALFRED (1914–1980)

S. 72 – *Artikel 3 (3):* Tintenfisch, 9. Jg., Berlin 1976, S. 18 ff.

ANDERSON, SASCHA (*1953)

S. 103 – *wer ich bin werden wir ...:* S. A., Jeder Satellit hat einen Killersatelliten, Gedichte, Berlin 1982, S. 24.

S. 150 – *Tractatus Resultus:* S. A., ROSA INDICA VULGARIS, Berlin 1994, S. 5.

ARP, HANS (1887–1966)

S. 26 – *Glühen und Blühen:* H. A., Logbuch des Traumkapitäns, Zürich 1965, S. 51 f.

ARTMANN, HANS CARL (1921–2000)

S. 38 – *zueignung:* H. C. A., allerleirausch, neue schöne kinderreime, Berlin 1965, S. 7

S. 68 – *bei rotwein und legenden ...:* H. C. A., Aus meiner Botanisiertrommel, Balladen und Naturgedichte, Salzburg 1975, S. 7 ff.

ASTEL, HANS ARNFRID (*1933)

S. 45 – *Notstand:* H. A. A., Notstand, 100 Gedichte, Wuppertal 1968, S. 88.

S. 117 – *Zikaden:* PUNKTZEIT, Deutschsprachige Lyrik der achtziger Jahre, hg. von Michael Braun und Hans Thill, Heidelberg 1987, S. 119.

S. 139 – *Ausverkauf:* H. A. A., Wohin der Hase läuft, Leipzig o. J. [1992], S. 60.

ATABAY, CYRUS (1929–1996)

S. 99 – *Über das Erhabene:* C. A., Die Leidenschaft der Neugierde, Neue Gedichte, Düsseldorf 1981, S. 57.

AUSLÄNDER, ROSE (1907–1988)

S. 80 – *Magisch:* Bewegte Frauen, Lyrik- und Prosatexte zeitgenössischer Autorinnen, hg. von Ruth Mayer, Zürich 1977, S. 18.

S. 99 – *Was:* R. A., Mein Atem heißt jetzt, Gedichte, Frankfurt a. M. 1981, S. 94.

Bachmann, Ingeborg (1926–1973)

S. 7 – *Ihr Worte:* Nelly Sachs zu Ehren, Frankfurt a. M. 1961, S. 9 f.

S. 30 – *Böhmen liegt am Meer:* Programmheft festival di Spoleto. IX. Festival dei Due Mondi. 24 giugno – 17 luglio 1966, S. 27 (Mit zwei Textvarianten). – Kursbuch, 15. Jg., Frankfurt a. M., November 1968, S. 94 f. Abdruck nach: I. B., Werke, Bd. 1, hg. von Christine Koschel u. a., München und Zürich, 1978, S. 167 f.

S. 38 – *Eine Art Verlust:* I. B., Werke, Bd. 1, hg. von Christine Koschel u. a., München und Zürich, 1978, S. 170.

Bächler, Wolfgang (*1925)

S. 76 – *Ausbrechen:* W. B., Ausbrechen, Gedichte aus 30 Jahren, Frankfurt a. M. 1976, S. 193.

Bartsch, Kurt (*1937)

S. 61 – *Sozialistischer Biedermeier:* K. B., Die Lachmaschine, Gedichte, Songs und ein Prosafragment, Berlin 1971, S. 18.

Bauer, Wolfgang (*1941)

S. 51 – *Der Kuß:* W. B., Das stille Schilf, Frankfurt a. M. 1969, S. 55.

Becker, Jürgen (*1932)

S. 100 – *Sommergeschichte:* J. B., Die gemachten Geräusche, Frankfurt a. M. 1981, S. 352.

S. 125 – *jetzt tauchen die sichtbaren Teile*: J. B., Das englische Fenster, Gedichte, Frankfurt a. M. 1990, S. 69.

Bernhard, Thomas (1931–1989)

S. 21 – *Jetzt im Frühling:* Frage und Formel, Gedichte einer jungen österreichischen Generation, hg. von Gerhard Fritsch, Wolfgang Kraus, Hans M. Löw, Herbert Zand, Salzburg 1963, S. 87.

Beyer, Marcel (*1965)

S. 165 – *Falsches Futter:* M. B., Falsches Futter, Gedichte, Frankfurt a. M. 1997, S. 36.

Bieler, Manfred (*1934)

S. 8 – *Wostok:* neue deutsche literatur, 9. Jg., Frankfurt a. M. 1961, H. 11, S. 94 f.

Bienek, Horst (1930–1990)

S. 132 – *Der langsame Abschied:* H. B., Wer antwortet wem, Gedichte, München und Wien 1991, S. 29.

Alphabetisches Verzeichnis der Autoren mit Quellennachweis

Biermann, Wolf (*1936)

S. 45 – *Ermutigung:* W.B., Mit Marx- und Engelszungen, Gedichte, Balladen, Lieder, Berlin 1968, S. 61.

S. 84 – *Und als wir ans Ufer kamen:* W.B., Preußischer Ikarus, Lieder, Balladen, Gedichte, Prosa, Köln 1978, S. 71.

S. 173 – *Um Deutschland ist mir gar nicht bang:* W.B., Paradies uff Erden, Ein Berliner Bilderbogen, Köln 1999, S. II.

Bingel, Horst (*1933)

S. 27 – *Fragegedicht* (Wir suchen Hitler): Frankfurter Allgemeine Zeitung, 30. 1. 1965.

Bobrowski, Johannes (1917–1965)

S. 13 – *Hölderlin in Tübingen:* J.B., SCHATTENLAND, STRÖME, Gedichte, Stuttgart 1962, S. 44.

S. 31 – *Das verlassene Haus:* J.B., WETTERZEICHEN, Gedichte, Berlin 1966, S. 72.

Böhmer, Paulus (*1939)

S. 174 – *An Angel:* P.B., Palais d'Amorph, Gedichte, Frankfurt a.M. 1999, S. 29f.

Borchers, Elisabeth (*1926)

S. 113 – *Die vielen Bücher:* E.B., WER LEBT, Gedichte, Frankfurt a.M. 1986, S. 17.

Born, Nicolas (1937–1979)

S. 53 – *Da hat er gelernt was Krieg ist sagt er:* N.B., wo mir der kopf steht, Gedichte, Köln 1970, S. 43ff. Dann auch in: N.B., Gedichte 1967–1978, Reinbek 1978.

Braun, Volker (*1939)

S. 118 – *Das Leben:* V.B., Langsamer knirschender Morgen, Gedichte, Frankfurt a.M. 1987, S. 49.

S. 126 – *O Chicago! O Widerspruch!:* Thüringer Allgemeine, 26. 10. 1990. Abdruck nach: V.B., Die Zickzackbrücke, Ein Abrißkalender, Halle 1992, S. 81.

S. 133 – *Der 9. November*: neue deutsche literatur, 39.Jg., Berlin und Weimar 1991, 468. H., S. 5.

Brinkmann, Rolf Dieter (1940–1975)

S. 14 – *Kulturgüter:* R.D.B., Ihr nennt es Sprache, Achtzehn Gedichte, Leverkusen 1962, S. 11. Dann auch in: R.D.B., Standphotos, Reinbek 1980.

S. 46 – *Selbstbildnis im Supermarkt:* R. D. B, Die Piloten, Neue Gedichte, Köln 1968, S. 26. Dann auch in: R. D. B., Standphotos, Reinbek 1980.

CELAN, PAUL (EIG. PAUL ANCZEL, 1920–1970)

S. 21 – *Tübingen, Jänner:* P. C., Die Niemandsrose, Frankfurt a. M. 1963, S. 24.

S. 56 – *Einem Bruder in Asien:* P. C., Lichtzwang, Gedichte, Frankfurt a. M. 1970, S. 33.

CHOTJEWITZ, PETER O. (*1934)

S. 32 – *Mein Volk:* Aussichten, Junge Lyriker des deutschen Sprachraums vorgestellt von Peter Hamm, München 1966, S. 98.

CZECHOWSKI, HEINZ (*1935)

S. 14 – *Theresienstadt:* H. C., Nachmittag eines Liebespaares, Halle 1962, S. 11.

S. 100 – *Was mich betrifft:* H. C., Was mich betrifft, Halle 1981, S. 17.

DEGENHARDT, FRANZ JOSEF (*1931)

S. 39 – *Deutscher Sonntag:* F. J. D., Spiel nicht mit den Schmuddelkindern, Balladen, Chansons, Grotesken, Lieder, Hamburg 1967, S. 40 ff.

DELIUS, FRIEDRICH CHRISTIAN (*1943)

S. 30 – *Hymne:* F. C. D., Kerbholz, Gedichte, Berlin 1965, S. 29.

DOMIN, HILDE (*1921)

S. 57 – *Ich will dich:* H. D., Ich will dich, Gedichte, München 1970, S. 7.

S. 176 – *Wahl:* H. D., Der Baum blüht trotzdem, Gedichte, Frankfurt a. M. 1999, S. 12 f.

DRAESNER, ULRIKE (*1962)

S. 152 – *Monolog:* U. D., gedächtnisschleifen, Gedichte, Frankfurt a. M. 1995, S. 54.

S. 153 – *wuchernd am schädel:* U. D., gedächtnisschleifen. Gedichte, Frankfurt a. M. 1995, S. 64.

DRAWERT, KURT (*1956)

S. 161 – *... zum deutschen Liedgut:* K. D., Wo es war, Gedichte, Frankfurt a. M. 1996, S. 86.

EICH, GÜNTER (1907–1972)

S. 22 – *Nicht geführte Gespräche:* Das Atelier, Zeitgenössische deutsche Lyrik, hg. von Klaus Wagenbach, Frankfurt a. M. 1963, S. 152.

S. 10 – *Wildwechsel:* Nelly Sachs zu Ehren, Frankfurt a. M. 1961, S. 11.

ENDLER, ADOLF (*1930)

S. 110 – *Verse echter Dankbarkeit:* A. E., Ohne Nennung von Gründen, Vermischtes aus dem poetischen Werk des Bobbi »Bumke« Bergermann, Berlin 1985, S. 97.

ENZENSBERGER, HANS MAGNUS (*1929)

S. 24 – *middle class blues:* H. M. E., blindenschrift, Frankfurt a. M. 1964, S. 32 f.

S. 133 – *Aufbruchsstimmung:* H. M. E., Zukunftsmusik, Frankfurt a. M. 1991, S. 42 f.

S. 177 – *Das Einfache, das schwer zu erfinden ist:* H. M. E., Leichter als Luft, Moralische Gedichte, Frankfurt a. M. 1999, S. 21.

FALKNER, GERHARD (*1951)

S. 124 – *schwarz/rot/gold:* G. F., wemut, Gedichte, Frankfurt a. M. 1989, S. 93.

S. 180 – *In Grüningen. Nichts wie Schmerzen:* Jahrbuch der Lyrik 2001, hg. von Christoph Buchwald und Ludwig Harig, München 2000, S. 14 f.

FELS, LUDWIG (*1946)

S. 80 – *Alte Befehle:* L. F., Alles geht weiter, Gedichte, Darmstadt und Neuwied 1977, S. 21.

S. 122 – *Moritat:* L. F., Blaue Allee, versprengte Tataren, Gedichte, München 1988, S. 43.

FICHTE, HUBERT (1935–1986)

S. 33 – *Der Geruch des Frühlings, des Aufbruchs zu all dem ...:* Aussichten, Junge Lyriker des deutschen Sprachraums vorgestellt von Peter Hamm, München 1966, S. 137.

FRIED, ERICH (1921–1988)

S. 42 – *Höre, Israel:* E. F., Anfechtungen, 50 Gedichte, Berlin 1967, S. 44.

S. 105 – *Was es ist:* E. F., Es ist was es ist, Berlin 1983, S. 43.

FRITZ, WALTER HELMUT (*1929)

S. 33 – *Vorwände:* W. H. F., DIE ZUVERLÄSSIGKEIT DER UNRUHE, Neue Gedichte, Hamburg 1966, S. 7.

S. 77 – *Also fragen wir beständig:* W. H. F., Schwierige Überfahrt, Gedichte, Hamburg 1976, S. 27.

Gernhardt, Robert (*1937)
S. 101 – *Materialien zu einer Kritik der bekanntesten Gedichtform italienischen Ursprungs:* R. G., WÖRTERSEE, Frankfurt a. M. 1981, S. 164.

Gerstl, Elfriede (*1932)
S. 148 – *wie es bei uns so ist:* E. G., Unter einem Hut, Essays und Gedichte, Wien 1993, S. 109.

Gomringer, Eugen (*1925)
S. 70 – *jeder ...:* Neujahrsgabe der NOWEA, Düsseldorf 1975/76. Abdruck nach: eugen gomringer, konstellationen ideogramme stundenbuch, mit einführungen von helmut heissenbüttel und wilhelm gössmann und einer bibliographie von dieter kessler, Stuttgart 1977, S. 71.

Grass, Günter (*1927)
S. 43 – *In Ohnmacht gefallen:* G. G., Ausgefragt, Gedichte und Zeichnungen, Neuwied und Berlin 1967, S. 58.
S. 140 – *Treuhand:* neue deutsche literatur, 40. Jg., Berlin und Weimar 1992, 480. H., S. 8.

Greve, Ludwig (1924–1991)
S. 34 – *Mein Vater:* Neue Zürcher Zeitung, 12. 3. 1966.

Grünbein, Durs (*1962)
S. 134 – *O Heimat, zynischer Euphon:* D. G., Schädelbasislektion, Gedichte, Frankfurt a. M. 1991, S. 111.
S. 181 – *(Vom deutschen Wörterbuch):* Frankfurter Allgemeine Zeitung, 31. 10. 2000.

Grünzweig, Dorothea (*1952)
S. 181 – *Geschwistertreffen in Hyönölä:* Erstdruck (zeigt Text in der Entstehung): Werkstatt neue Texte. Göttingen 1999, S. 60 f. Abdruck nach: D. G., Vom Eisgebreit, Gedichte, Göttingen 2000, S. 48 f.

Härtling, Peter (*1933)
S. 81 – *An meine andere Stimme:* P. H., Anreden, Gedichte aus den Jahren 1972–1977, Darmstadt und Neuwied 1977, S. 38.

Hahn, Ulla (*1946)
S. 102 – *Ars poetica:* U. H., Herz über Kopf, Gedichte, Stuttgart 1981, S. 78.

S. 154 – *Befähigung:* U. H., Epikurs Garten, Gedichte, Stuttgart 1995, S. 79.

HANNSMANN, MARGARETE (*1921)

S. 62 – *Den Dichtern:* M. H., Das andere Ufer vor Augen mit 16 Holzschnitten von HAP Grieshaber, Gedichte, Hamburg 1972, S. 66 f.

S. 118 – *Griechenland:* M. H., Rabenflug, Neue Gedichte, Stuttgart 1987, S. 63.

HARIG, LUDWIG (*1927)

S. 123 – *Das schreibende Subjekt:* L. H., Hundert Gedichte, Alexandrinische Sonette, Terzinen, Couplets und andere Verse in strenger Form, München und Wien 1988, S. 35.

HARTUNG, HARALD (*1932)

S. 113 – *Am Ende der siebziger Jahre:* H. H., Traum im Deutschen Museum, Gedichte 1965–1985, München 1986, S. 107.

HAUFS, ROLF (*1935)

S. 15 – *Gespräch mit dem Baum:* R. H., Straße nach Kohlhasenbrück, Gedichte, Neuwied 1962, S. 41.

S. 106 – *Bildnis Peter Huchel:* R. H., Juniabschied, Gedichte, Reinbek 1984, S. 48 f.

S. 151 – *gez. R. H.:* R. H., VORABEND, Gedichte, München und Wien 1994, S. 25.

HEISSENBÜTTEL, HELMUT (1921–1996)

S. 25 – *Gedicht über Hoffnung:* H. H., Textbuch 4, Freiburg i.Br., S. 27.

HENKYS, JÜRGEN (*1929)

S. 35 – *Pinkassynagoge:* Aussichten, Junge Lyriker des deutschen Sprachraums vorgestellt von Peter Hamm, München 1966, S. 16.

HENSEL, KERSTIN (*1961)

S. 135 – *Fieberkurve:* K. H., Gewitterfront, Gedichte, Halle 1991, S. 67.

S. 148 – *Vita:* K. H., Angestaut, Aus meinem Sudelbuch, Halle 1993, S. 41.

HERBURGER, GÜNTER (*1932)

S. 93 – *Heimat:* G. H., Orchidee, Gedichte, Darmstadt und Neuwied 1979, S. 56 f.

HILBIG, WOLFGANG (*1941)

S. 94 – *›laßt mich doch‹*: W. H., abwesenheit, Gedichte, Frankfurt a. M. 1979, S. 7.

HILLEBRAND, BRUNO (*1935)

S. 140 – *Du sagtest Ja –:* B. H., Von der Krümmung des Raumes, Gedichte, Frankfurt a. M. 1992, S. 54.

HÖLLERER, WALTER (*1922)

S. 103 – *Philosophie der Neutronenbombe:* W. H., Gedichte 1942–1982, Frankfurt a. M. 1982, S. 224.

HUCHEL, PETER (1903–1981)

S. 15 – *Winterpsalm:* Sinn und Form, 14. Jg. Berlin 1962, 4.–6. H., S. 870.

S. 16 – *Der Garten des Theophrast:* Sinn und Form, 14. Jg. Berlin 1962, 4.–6. H., S. 868.

S. 78 – *Aristeas II:* P. H., Unbewohnbar die Trauer, St. Gallen 1976, S. 13.

INGOLD, FELIX PHILIPP (*1942)

S. 151 – *Jandlear:* F. P. I., Restnatur, Späte Gedichte, Münster 1994, S. 99.

JANDL, ERNST (1925–2000)

S. 85 – *von einen sprachen:* Literatur und Kritik, Salzburg 1978, H. 121, S. 90.

S. 104 – *an gott:* E. J., der gelbe hund, gedichte, Darmstadt und Neuwied 1982, S. 78.

S. 141 – *zu nutz und frommen:* E. J., stanzen, Hamburg und Zürich 1992, S. 132.

JENTZSCH, BERND (*1940)

S. 23 – *Die grünen Bäume starben in uns ab:* neue deutsche literatur, 11. Jg., Berlin 1963, H. 2, S. 105.

S. 85 – *Ein Wiesenstück:* B. J., Quartiermachen, Gedichte, München 1978, S. 75.

KARSUNKE, YAAK (*1934)

S. 95 – *unermüdlicher kämpfer:* Y. K., da zwischen, fünfunddreißig Gedichte & ein Stück, Berlin 1979, S. 27.

KASCHNITZ, MARIE LUISE (1901–1974)

S. 58 – *Ich vergesse so viel:* Insel Almanach auf das Jahr 1971, hg. von Hans Bender für Marie Luise Kaschnitz, Frankfurt a. M. 1970, S. 10.

S. 63 – *Jeder:* M. L. K., Kein Zauberspruch, Gedichte, Frankfurt a. M. 1972, S. 91 f.

Kirsch, Rainer (*1934)

S. 86 – *2005:* R. K., Auszog das Fürchten zu lernen, Prosa, Gedichte, Komödie, Reinbek 1978, S. 203. – Entstanden: 1962.

S. 86 – *Aufzeichnung:* R. K., Auszog das Fürchten zu lernen, Prosa, Gedichte, Komödie, Reinbek 1978, S. 232. – Entstanden: 1971.

Kirsch, Sarah (*1935)

S. 44 – *Bäume lesen:* S. K., LANDAUFENTHALT, Berlin und Weimar 1967, S. 78.

S. 66 – *Der Droste würde ich gern Wasser reichen:* S. K., ZAUBERSPRÜCHE, Berlin und Weimar 1973, S. 55.

S. 79 – *Wiepersdorf 9:* S. K., RÜCKENWIND, Berlin und Weimar 1976, S. 31.

S. 141 – *Freie Verse:* S. K., Erlkönigs Tochter, Stuttgart 1992, S. 68.

Kirsten, Wulf (*1934)

S. 119 – *stimmenschotter:* PUNKTZEIT, Deutschsprachige Lyrik der achtziger Jahre, hg. von Michael Braun und Hans Thill, Heidelberg 1987, S. 62 f.

S. 178 – *Kesseltreiben:* W. K., Wettersturz, Gedichte 1993–1998, Zürich 1999, S. 58.

S. 178 – *Textur:* W. K., Wettersturz, Gedichte 1993–1998, Zürich 1999, S. 10.

Kiwus, Karin (*1942)

S. 79 – *An die Dichter:* K. K., Von beiden Seiten der Gegenwart, Gedichte, Frankfurt a. M. 1976, S. 67.

S. 142 – *Weise Methode:* K. K., Das Chinesische Examen, Gedichte, Frankfurt a. M. 1992, S. 19.

Kling, Thomas (*1957)

S. 136 – *niedliche achterbahn:* T. K., brennstabm, Gedichte, Frankfurt a. M. 1991, S. 37.

Köhler, Barbara (*1959)

S. 136 – *Rondeau Allemagne:* B. K., Deutsches Roulette, Gedichte 1984–1989, Frankfurt a. M. 1991, S. 63.

Kolbe, Uwe (*1957)

S. 127 – *Berlin:* U. K., Vaterlandkanal, Ein Fahrtenbuch, Frankfurt a. M. 1990, S. 77.

S. 128 – *Ich bin erzogen im Namen einer Weltanschauung:* U. K., Vaterlandkanal, Ein Fahrtenbuch, Frankfurt a. M. 1990, S. 43.

Kolleritsch, Alfred (*1931)

S. 114 – *Horizont:* A. K., Augenlust, Gedichte, Salzburg und Wien 1986, S. 58.

Krechel, Ursual (*1947)

S. 166 – *Eine Bleikugel am Fuß der Gegenwart:* Freundschaft der Dichter, hg. von Werner Söllner, Zürich 1997, S. 73.

Krolow, Karl (1915–1999)

S. 102 – *Herbstsonett mit Hegel:* K. K., Herbstsonett mit Hegel, Gedichte, Lieder etc., Frankfurt a. M. 1981, S. 36.

S. 107 – *Etwas, das uns betrifft:* K. K., Schönen Dank und vorüber, Gedichte, Frankfurt a. M. 1984, S. 49 f.

S. 143 – *Von einem Land und vom andern:* K. K., Ich höre mich sagen, Gedichte, Frankfurt a. M. 1992, S. 45.

Krüger, Michael (*1943)

S. 87 – *Über die Hoffnung:* M. K., Diderots Katze, Gedichte, München und Wien 1978, S. 32.

S. 169 – *Die Reise nach Jerusalem:* M. K., Wettervorhersage, Gedichte, Salzburg 1998, S. 31.

Kunert, Günter (*1929)

S. 59 – *Gedicht zum Gedicht:* G. K., Warnung vor Spiegeln, Gedichte, München 1970, S. 28.

S. 82 – *Lagebericht:* G. K., Unterwegs nach Utopia, Gedichte, München und Wien 1977, S. 40.

S. 154 – *Des toten Dichters gedenkend:* Nachkrieg und Unfrieden, Gedichte als Index 1945–1995, hg. von Hilde Domin und Clemens Greve, Frankfurt a. M. 1995, S. 210.

Kunze, Reiner (*1933)

S. 115 – *Literaturarchiv in M.:* R. K., eines jeden einziges leben, gedichte, Frankfurt a. M. 1986, S. 58 f.

S. 137 – *Die Mauer:* Grenzfallgedichte, Eine deutsche Anthologie, hg. von Anna Chiarloni und Helga Pankoke, Berlin 1991, S. 46.

Kusz, Fitzgerald (*1944)

S. 120 – *Literatur:* F. K., irrhain, neue gedichte, München 1987, S. 14.

Laschen, Gregor (*1941)
S. 155 – *Vor dem Judenfriedhof in Lodz, 1989:* G. L., Jammerbugt-Notate, Gedichte, Heidelberg 1995, S. 47 f.

Lavant, Christine (1915–1973)
S. 17 – *Meiner hat mich …:* C. L., Der Pfauenschrei, Gedichte, Salzburg 1962, S. 58.

Löffler, Hans (*1946)
S. 161 – *Nach dem Krieg:* H. L., Nach dem Krieg, Gedichte, München und Wien 1996, S. 77.

Lutz, Werner (*1930)
S. 143 – *Ich höre Rumi …:* W. L., Flußtage, Gedichte, Zürich 1992, S. 67.

Maiwald, Peter (*1946)
S. 144 – *Kanaan:* P. M., Springinsfeld, Gedichte, Frankfurt a. M. 1992, S. 89.

Malkowski, Rainer (*1939)
S. 96 – *Wenn der Versuch …:* R. M., Vom Rätsel ein Stück, Gedichte, Frankfurt a. M. 1980, S. 79.

Marti, Kurt (*1921)
S. 35 – *gedicht von gedichten:* K. M., gedichte alfabeete & cymbalklang, Berlin 1966, S. 6f.
S. 51 – *in dieser stunde des abschieds …:* K. M., Leichenreden, Neuwied und Berlin 1969, S. 15.
S. 156 – *ostervision:* K. M., gott gerneklein, Gedichte, Stuttgart 1995, S. 36.

Mayröcker, Friederike (*1924)
S. 116 – *Begegnung mit Vogelstück:* F. M., Winterglück, Gedichte 1981–1985, Frankfurt a. M. 1986, S. 105.
S. 116 – *Gedicht mit Motto:* F. M., Winterglück, Gedichte 1981–1985, Frankfurt a. M. 1986, S. 129.
S. 144 – *Junifragment/für Inger Christensen:* F. M., Das besessene Alter, Gedichte 1986–1991, Frankfurt a. M. 1992, S. 120.
S. 162 – *ausgerasselte Sprache:* F. M., Notizen auf einem Kamel, Gedichte 1991–1996, Frankfurt a. M. 1996, S. 19.

Meckel, Christoph (*1935)
S. 17 – *Gedicht über das Schreiben von Gedichten:* C. M., Wildnisse, Gedichte, Frankfurt a. M. 1962, S. 32 f.

S. 67 – *Rede vom Gedicht:* C. M., Wen es angeht, Stierstadt 1974, S. 80.

S. 70 – *Worte:* C. M., Nachtessen, Gedichte, Berlin 1975, S. 23.

Meister, Ernst (1911–1979)

S. 59 – *Es kam die Nachricht …:* E. M., Es kam die Nachricht, Gedichte, Neuwied und Berlin 1970, S. 13.

S. 65 – *Hier, gekrümmt …:* E. M., Sage vom Ganzen den Satz, Gedichte, Darmstadt und Neuwied 1972, S. 50.

Mickel, Karl (1935–2000)

S. 11 – *Dresdner Häuser (Weißer Hisch und Seevorstadt):* Bekanntschaft mit uns selbst, Gedichte junger Menschen, hg. von Karl Mickel, Halle 1961, S. 121.

Müller, Heiner (1929–1995)

S. 145 – *Herz der Finsternis nach Joseph Conrad:* H. M., GEDICHTE, Berlin 1992, S. 97 f.

Müller, Inge (1925–1966)

S. 111 – *Wir:* Sinn und Form, 37.Jg., Berlin 1985, H.1, S. 75.

Neumann, Peter Horst (*1936)

S. 152 – *Allegorische Spinne:* P. H. N., Gedichte, Sprüche, Zeitansagen, Bargfeld 1994, S. 12.

Nick, Dagmar (*1926)

S. 12 – *Erinnerungsland:* Akzente, 8.Jg., München 1961, H.3, S. 286.

S. 162 – *Früher:* D. N., Gewendete Masken, Gedichte, Aachen 1996, S. 29.

Novak, Helga M. (*1935)

S. 88 – *dunkle Seite Hölderlins:* H. M. N., Margarete mit dem Schrank, Gedichte, Berlin 1978, S. 59 f.

S. 166 – *Melancholie:* H. M. N., Silvatica, Gedichte, Frankfurt a. M. 1997, S. 78.

Oleschinski, Brigitte (*1955)

S. 128 – *Mental Heat Control:* B. O., Mental Heat Control, Gedichte, Reinbek 1990, S. 55.

Ostermaier, Albert (*1967)

S. 157 – *ratschlag für einen jungen dichter:* A. O., Herz Vers Sagen, Gedichte, Frankfurt a. M. 1995, S. 9.

S. 167 – *das kleine einmaleins des dichtens:* A. O., fremdkörper hautnah, Gedichte, Frankfurt a. M. 1997, S. 32.

Papenfuss-Gorek, Bert (*1956)
S. 138 – *die lichtscheuen scheiche versunkener reiche:* B. P.-G., LED SAUDAUS, notdichtung karrendichtung, Berlin 1991, S. 103.

Pastior, Oskar (*1927)
S. 129 – *weiß das lauwant noch...:* O. P., Kopfnuß Januskopf, Gedichte in Palindromen, München und Wien 1990, S. 79.

Petersdorff, Dirk von (*1966)
S. 130 – *Vom Ende:* Neue Rundschau, 101.Jg., Frankfurt a. M. 1990, H.3, S. 41.

Piontek, Heinz (*1925)
S. 37 – *Um 1800:* H. P., KLARTEXT, Gedichte, Hamburg 1966, S. 81.
S. 90 – *Von einem gebrannten Kind und seinem widersinnigen Feuer:* H. P., Wie sich Musik durchschlug, Gedichte, Hamburg 1978, S. 51.
S. 170 – *Gehört im Kaukasus:* H. P., Neue Umlaufbahn, Würzburg 1998, S. 89.
S. 170 – *Mit Schirmmütze:* H. P., Neue Umlaufbahn, Würzburg 1998, S. 142.

Piwitt, Hermann Peter (*1935)
S. 47 – *Nachlese:* Luchterhands Loseblatt Lyrik 14, Neuwied und Berlin 1968, S. 29.

Politycki, Matthias (*1955)
S. 123 – *Ein gewisser Eichendorff bläst den Blues von der prästabilierten Harmonie:* M. P., Im Schatten der Schrift hier, Zweiundzwanzig Gedichte, München 1988, S. 9.
S. 157 – *Tankwart, das Lied vom Volltanken singend:* M. P., Jenseits von Wurst und Käse, 44 Gedichte, München 1995, S. 64.

Priessnitz, Reinhard (1945–1985)
S. 91 – *in stanzen:* R. P., vierundvierzig gedichte, Linz 1978, S. 42.

Rathenow, Lutz (*1952)
S. 168 – *Kapitalismus mit Tübinger Antlitz:* L. R., Jahrhundert der Blikke, Neue Gedichte, Weilerswist 1997, S. 7.

Reinig, Christa (*1926)
S. 48 – *Nr. 1 Für ein am Straßenrand überfahrenes Fräulein; Nr. 4 Für einen Gammler; Nr. 8 Für die Malerin W. S.; Nr. 13 Für einen verlorenen Dichter; Nr. 21 Für eine zugereiste Dichterin:* C. R., Schwabinger Marterln, Stierstadt 1968.

S. 52 – *Vor der Abfahrt:* C. R., Schwalbe von Olevano, Neue Gedichte, Stierstadt 1969, S. 8.

ROSEI, PETER (*1946)

S. 95 – *Ach was!:* P. R., Regentagstheorie, 59 Gedichte, Salzburg und Wien 1979, S. 27.

S. 96 – *Es geht:* P. R., Regentagstheorie, 59 Gedichte, Salzburg und Wien 1979, S. 55.

ROSENLÖCHER, THOMAS (*1947)

S. 125 – *Die Neonikone:* Luchterhand Jahrbuch der Lyrik 1989/90, Reste/Schichten, hg. von Christoph Buchwald und Rolf Haufs, Frankfurt a. M. 1989, S. 29 f.

ROTH, FRIEDERIKE (*1948)

S. 92 – *Stephen Daedalus macht ein Gedicht:* F. R., Tollkirschenhochzeit, Gedichte, Darmstadt und Neuwied 1978, S. 16.

S. 121 – *Das alte Treiben:* F. R., Schattige Gärten. Gedichte, Frankfurt a. M. 1987, S. 48.

RÜHMKORF, PETER (*1929)

S. 19 – *Auf eine Weise des Joseph Freiherrn von Eichendorff:* P. R., Kunststücke, Fünfzig Gedichte nebst einer Anleitung zum Widerspruch, Reinbek 1962, S. 85.

S. 71 – *Hochseil:* P. R., Walther von der Vogelweide, Klopstock und ich, Reinbek 1975, S. 178.

SACHS, NELLY (1891–1970)

S. 12 – *Im Lande Israel:* Fahrt ins Staublose, Die Gedichte der Nelly Sachs, Frankfurt a. M. 1961, S. 151.

SAID (*1947)

S. 171 – *Für mich …:* S., Sei Nacht zu mir, Liebesgedichte, München 1998, S. 19.

SARTORIUS, JOACHIM (*1946)

S. 163 – *Gräber:* J. S., Keiner gefriert anders, Gedichte, Köln 1996, S. 48.

SCHACHT, ULRICH (*1951)

S. 158 – *Die Bibliothek von Sarajevo:* Die politische Meinung 40. Jg., Osnabrück 1995, H. 306, S. 22.

SCHEDLINSKI, RAINER (*1956)

S. 139 – *es beginnt fast immer …:* R. S., Die Männer der Frauen, Berlin 1991, S. 7.

SCHINDEL, ROBERT (*1944)

S. 121 – *Leopoldstädter Tanzlied:* R. S., Geier sind pünktliche Tiere, Gedichte, Frankfurt a. M. 1987, S. 14 f.

S. 146 – *Vineta 2:* R. S., Ein Feuerchen im Hintennach, Gedichte 1986–1991, Frankfurt a. M. 1992, S. 18.

SCHROTT, RAOUL (*1964)

S. 172 – *Michelangelo – La Sistina:* R. S., Tropen, Über das Erhabene, München und Wien 1998, S. 141.

SCHUTTING, JUTTA/JULIAN (*1937)

S. 105 – *Weg von dir, weit weg...:* J. S., Liebesgedichte, Salzburg und Wien 1982, S. 88.

S. 179 – *Unstatthaft:* J. S., Jahrhundertnarben, Über das Nachleben ungewollter Bilder, Salzburg und Wien 1999, S. 34.

SEILER, LUTZ (*1963)

S. 183 – *fin de siècle:* L. S., pech & blende, Gedichte, Frankfurt a. M. 2000, S. 15.

STILETT, HANS (EIG. KAY HOFF, *1924)

S. 60 – *Heinrich Immel zum Gedächtnis:* Frankfurter Allgemeine Zeitung, 13. 1. 1970.

TASCHAU, HANNELIES (*1937)

S. 109 – *life seeing und zurück:* H. T., Gefährdung der Leidenschaft, Gedichte, Darmstadt 1984, S. 159 f.

THEOBALDY, JÜRGEN (*1944)

S. 67 – *Herrgottsnochmal:* J. T., Blaue Flecken, Gedichte, Reinbek 1974, S. 35.

TÖRNE, VOLKER VON (1934–1980)

S. 20 – *Amtliche Mitteilung:* V. v. T., Fersengeld, Fünfundzwanzig Gedichte, Berlin 1962, S. 27.

S. 50 – *Bleibende Werte:* V. v. T., WOLFSPELZ, Gedichte, Lieder, Montagen, Berlin 1968, S. 23.

TREICHEL, HANS-ULRICH (*1952)

S. 131 – *Mythos Berlin 1987:* H.-U. T., Seit Tagen kein Wunder, Gedichte, Frankfurt a. M. 1990, S. 67.

ULLMANN, GÜNTER (*1946)

S. 164 – *Elegie:* G. U., Lichtzeichen, Gedichte aus drei Jahrzehnten, hg. von Siegfried Heinrichs, Berlin 1996.

Überschriften und Gedichtanfänge

Überschriften und Gedichtanfänge

Überschriften und Gedichtanfänge

Die Herausgeber und der Verlag danken den im folgenden aufgeführten Inhabern von Urheberrechten für die freundliche Genehmigung zum Abdruck der Gedichte von:

Aichinger, Ilse: S. Fischer Verlag GmbH, Frankfurt
Andersch, Alfred: Diogenes Verlag AG, Zürich
Anderson, Sascha: Hesse & Galrev, Berlin
Arp, Hans: Verlags AG Die Arche, Zürich
Artmann, Hans Carl (bei rotwein und legenden): Residenz Verlag, Salzburg und Wien
Artmann, Hans Carl (zueignung): Rosa Artmann, Wien
Astel, Hans Arnfrid: Hans Arnfrid Astel, Saarbrücken
Atabay, Cyrus: Eremiten-Presse GmbH, Düsseldorf
Ausländer, Rose (Magisch): Edition R+F, Zürich
Ausländer, Rose (Was): S. Fischer Verlag GmbH, Frankfurt
Bachmann, Ingeborg: Verlag R. Piper & Co., München
Bächler, Wolfgang: S. Fischer Verlag GmbH, Frankfurt
Bartsch, Kurt: Verlag Klaus Wagenbach, Berlin
Bauer, Wolfgang: B & N Bücher & Nachrichten Verlags-GmbH, Bad Homburg
Becker, Jürgen: Suhrkamp Verlag, Frankfurt
Bernhard, Thomas: Suhrkamp Verlag, Frankfurt
Beyer, Marcel: Suhrkamp Verlag, Frankfurt
Bieler, Manfred: Manfred Bieler, München
Bienek, Horst: Carl Hanser Verlag, München
Biermann, Wolf: Verlag Kiepenheuer & Witsch, Köln
Bingel, Horst: Horst Bingel, Frankfurt
Bobrowski, Johannes (Hölderlin in Tübingen): Deutsche Verlags-Anstalt GmbH, Stuttgart
Bobrowski, Johannes (Das verlassene Haus): Middelhauve Verlags GmbH, München für Der Kinderbuch Verlag, Berlin
Böhmer, Paulus: axel dielmann-verlag, Frankfurt
Borchers, Elisabeth: Suhrkamp Verlag, Frankfurt
Born, Nicolas: Rowohlt Verlag GmbH, Reinbek bei Hamburg
Braun, Volker: Volker Braun, Berlin
Brinkmann, Rolf Dieter: Rowohlt Verlag GmbH, Reinbek bei Hamburg
Celan, Paul (Einem Bruder in Asien): Suhrkamp Verlag, Frankfurt
Celan, Paul (Tübingen, Jänner): S. Fischer Verlag GmbH, Frankfurt
Chotjewitz, Peter O.: Peter O. Chotjewitz, Stuttgart
Czechowski, Heinz: Heinz Czechowski, Frankfurt

Degenhardt, Franz Josef: Aufbau Taschenbuch Verlag GmbH, Berlin und Weimar
Delius, Friedrich Christian: Friedrich Christian Delius, Berlin
Domin, Hilde: S. Fischer Verlag GmbH, Frankfurt
Draesner, Ulrike: Ulrike Draesner, Berlin
Drawert, Kurt: Suhrkamp Verlag, Frankfurt
Eich, Günter: Suhrkamp Verlag, Frankfurt
Endler, Adolf: Suhrkamp Verlag, Frankfurt
Enzensberger, Hans Magnus: Suhrkamp Verlag, Frankfurt
Falkner, Gerhard: Suhrkamp Verlag, Frankfurt
Fels, Ludwig: Verlag R. Piper & Co., München
Fichte, Hubert: Leonore Mau, Hamburg
Fried, Erich: Verlag Klaus Wagenbach, Berlin
Fritz, Walter Helmut: Hoffmann und Campe Verlag, Hamburg
Gernhardt, Robert: Robert Gernhardt/Zweitausendeins, Frankfurt
Gerstl, Elfriede: Deuticke Verlag, Wien
Gomringer, Eugen: Eugen Gomringer, Rehau
Grass, Günter: Druckerei und Verlag Gerhard Steidl, Göttingen
Greve, Ludwig: S. Fischer Verlag GmbH, Frankfurt
Grünbein, Durs: Suhrkamp Verlag, Frankfurt
Grünzweig, Dorothea: Wallstein Verlag, Göttingen
Härtling, Peter: Verlag Kiepenheuer & Witsch, Köln
Hahn, Ulla: Deutsche Verlags-Anstalt GmbH, Stuttgart
Hannsmann, Margarete: Econ Ullstein List Verlag GmbH & Co. KG, München
Harig, Ludwig: Carl Hanser Verlag, München
Hartung, Harald: Verlag R. Piper & Co., München
Haufs, Rolf (gez. R. H.): Carl Hanser Verlag, München
Haufs, Rolf (Gespräch mit dem Baum): Rolf Haufs, Berlin
Haufs, Rolf (Bildnis Peter Huchel): Rowohlt Verlag GmbH, Reinbek bei Hamburg
Heißenbüttel, Helmut: Verlag Klett-Cotta, Stuttgart
Henkys, Jürgen: Strube Verlag, München
Hensel, Kerstin: Kerstin Hensel, Berlin
Herburger, Günter: Günter Herburger, München
Hilbig, Wolfgang: S. Fischer Verlag GmbH, Frankfurt
Hillebrand, Bruno: S. Fischer Verlag GmbH, Frankfurt
Höllerer, Walter: Suhrkamp Verlag, Frankfurt
Hoff, Kay: Eremiten-Presse GmbH, Düsseldorf
Huchel, Peter (Aristeas II): Erker-Galerie und Verlag AG, St. Gallen

Huchel, Peter (Winterpsalm; Der Garten des Theophrast): S. Fischer Verlag GmbH, Frankfurt
Ingold, Felix Philipp: Kleinheinrich Buch- und Kunstverlag, Münster
Jandl, Ernst: Luchterhand Literaturverlag GmbH, München
Jentzsch, Bernd: Carl Hanser Verlag, München
Karsunke, Yaak: Yaak Karsunke, Berlin
Kaschnitz, Marie Luise: Insel Verlag, Frankfurt
Kirsch, Rainer: Rainer Kirsch, Berlin
Kirsch, Sarah: Deutsche Verlags-Anstalt GmbH, Stuttgart
Kirsten, Wulf: Ammann Verlag & Co., Zürich
Kiwus, Karin: Suhrkamp Verlag, Frankfurt
Kling, Thomas: Suhrkamp Verlag, Frankfurt
Köhler, Barbara: Suhrkamp Verlag, Frankfurt
Kolbe, Uwe: Suhrkamp Verlag, Frankfurt
Kolleritsch, Alfred: Literaturverlag Droschl, Graz
Krechel, Ursula: Ursula Krechel, Berlin
Krolow, Karl: Suhrkamp Verlag, Frankfurt
Krüger, Michael: Carl Hanser Verlag, München
Kunert, Günter (Des toten Dichters gedenkend): Günter Kunert, Kaisborstel
Kunert, Günter (Gedicht zum Gedicht; Lagebericht): Carl Hanser Verlag, München
Kunze, Reiner: S. Fischer Verlag GmbH, Frankfurt
Kusz, Fitzgerald: Fitzgerald Kusz, Nürnberg
Laschen, Gregor: Verlag Das Wunderhorn, Heidelberg
Lavant, Christine: Otto Müller Verlag, Salzburg
Löffler, Hans: Carl Hanser Verlag, München
Lutz, Werner: Ammann Verlag & Co., Zürich
Maiwald, Peter: S. Fischer Verlag GmbH, Frankfurt
Malkowski, Rainer: Suhrkamp Verlag, Frankfurt
Marti, Kurt (gedicht von gedichten; in dieser stunde des abschieds): Verlag Nagel & Kimche, Zürich
Marti, Kurt (ostervision): Radius-Verlag, Stuttgart
Mayröcker, Friederike: Suhrkamp Verlag, Frankfurt
Meckel, Christoph (Gedicht über das Schreiben von Gedichten): S. Fischer Verlag GmbH, Frankfurt
Meckel, Christoph (Rede vom Gedicht): Eremiten-Presse GmbH, Düsseldorf
Meckel, Christoph (Worte): Christoph Meckel, Berlin
Meister, Ernst: Rimbaud Verlagsgsellschaft, Aachen
Mickel, Karl: Mitteldeutscher Verlag GmbH, Halle

Müller, Heiner: Suhrkamp Verlag, Frankfurt
Müller, Inge: Aufbau-Verlag, Berlin und Weimar
Neumann, Peter Horst: Peter Horst Neumann, Nürnberg
Nick, Dagmar: Rimbaud Verlagsgesellschaft, Aachen
Novak, Helga M. (Melancholie): Schöffling & Co. GmbH, Frankfurt
Novak, Helga M. (dunkle Seite Hölderlins): Helga M. Novak, Legbad
Oleschinski, Brigitte: Rowohlt Verlag GmbH, Reinbek bei Hamburg
Ostermaier, Albert: Suhrkamp Verlag, Frankfurt
Papenfuß-Gorek, Bert: Janus Press, Berlin
Pastior, Oskar: Carl Hanser Verlag, München
Petersdorff, Dirk von: S. Fischer Verlag GmbH, Frankfurt
Piontek, Heinz: Heinz Piontek, München
Piwitt, Hermann Peter: Hermann Peter Piwitt, Hamburg
Politycki, Matthias (Ein gewisser Eichendorff ...): Antje Kunstmann Verlag, München
Politycki, Matthias (Tankwart, das Lied vom Volltanken singend): Luchterhand Literaturverlag GmbH, München
Priessnitz, Reinhard: Literaturverlag Droschl, Graz
Rathenow, Lutz: Lutz Rathenow, Berlin
Reinig, Christa: Eremiten-Presse GmbH, Düsseldorf
Rosei, Peter: Peter Rosei, Wien
Rosenlöcher, Thomas: Suhrkamp Verlag, Frankfurt
Roth, Friederike: Suhrkamp Verlag, Frankfurt
Rühmkorf, Peter: Rowohlt Verlag GmbH, Reinbek bei Hamburg
Sachs, Nelly: Suhrkamp Verlag, Frankfurt
Said: C. H. Beck Verlag, München
Sartorius, Joachim: Verlag Kiepenheuer & Witsch, Köln
Schacht, Ulrich: Ulrich Schacht, Förslöv
Schedlinski, Rainer: Hesse & Galrev, Berlin
Schindel, Robert: Suhrkamp Verlag, Frankfurt
Schrott, Raoul: Carl Hanser Verlag, München
Schutting, Jutta/Julian: Residenz Verlag, Salzburg und Wien
Seiler, Lutz: Suhrkamp Verlag, Frankfurt
Taschau, Hannelies: Hannelies Taschau, Hameln
Theobaldy, Jürgen: Rowohlt Verlag GmbH, Reinbek bei Hamburg
Törne, Volker von: Verlag Klaus Wagenbach, Berlin
Treichel, Hans-Ulrich: Suhrkamp Verlag, Frankfurt
Ullmann, Günter: Günter Ullmann, Greiz
Vesper, Guntram (Die Leuchtfeuer auf dem Festland): Carl Hanser Verlag
Vesper, Guntram (Eine Frage aus dem neunzehnten Jahrhundert): Guntram Vesper, Göttingen

Vesper, Guntram (In einer kleinen Stadt): S. Fischer Verlag GmbH, Frankfurt
Wagner, Richard: Deutsche Verlags-Anstalt GmbH, Stuttgart
Waterhouse, Peter: Rowohlt Verlag GmbH, Reinbek bei Hamburg
Well, Hans: Hans Well, Zankenhausen
Wolf, Christa: Luchterhand Literaturverlag GmbH, München
Wühr, Paul: Carl Hanser Verlag, München